私立探偵・小仏太郎
京都・化野《あだしの》殺人怪路

梓 林太郎

JOY NOVELS
実業之日本社

カバーフォト／檀林正浩／アフロ，shimanto/PIXTA
カバーデザイン／加藤 岳

京都・化野殺人怪路／目次

第一章　誘拐　7
第二章　第二の事件　45
第三章　竹の泣く声　94
第四章　夜の泥濘《ぬかるみ》　126
第五章　黒い葉脈　166
第六章　ねじれ　212

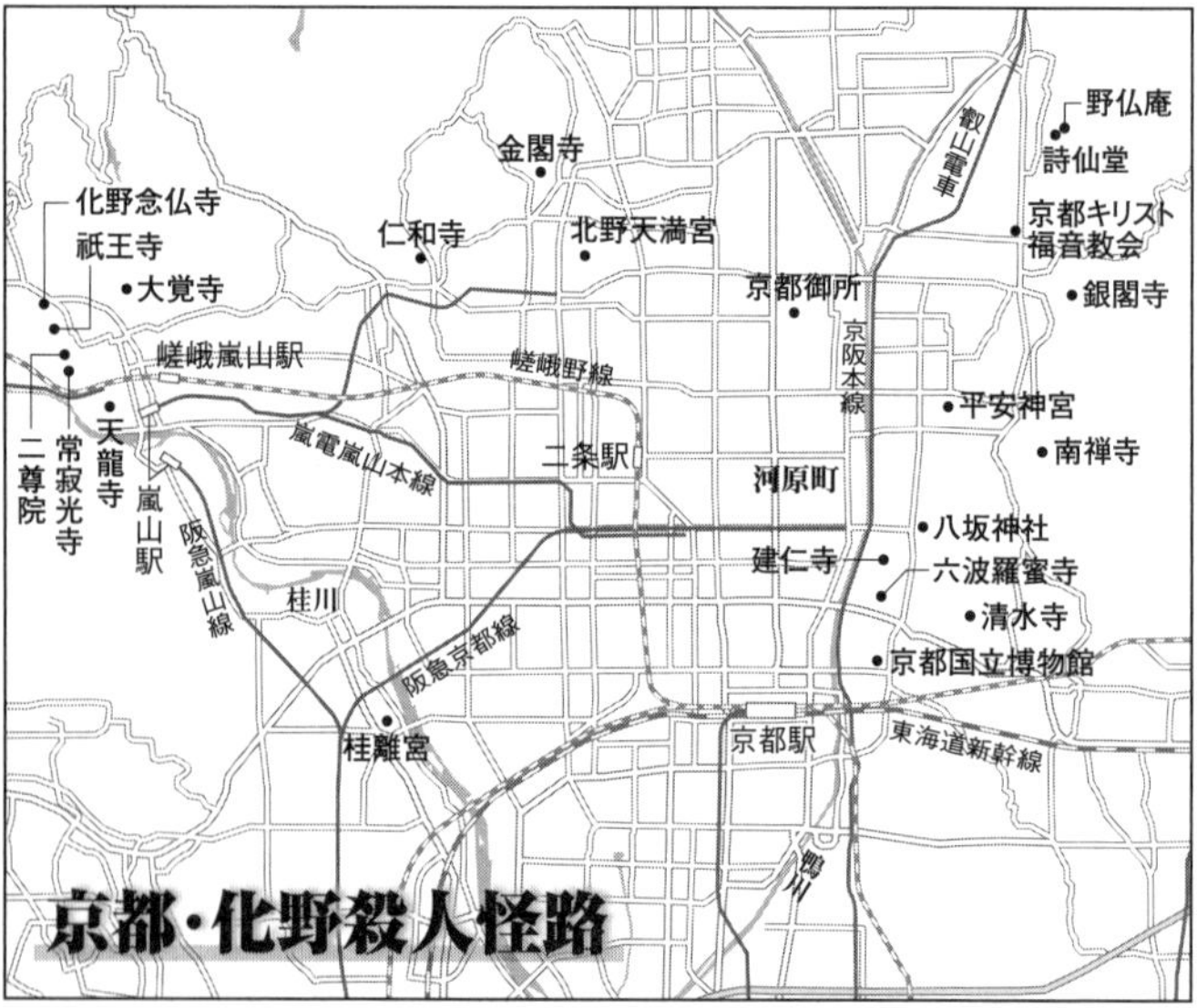
京都·化野殺人怪路
野仏庵
詩仙堂
金閣寺
化野念仏寺
祇王寺
仁和寺
北野天満宮
叡山電車
京都キリスト福音教会
大覚寺
京都御所
銀閣寺
嵯峨嵐山駅
嵯峨野線
京阪本線
平安神宮
二尊院
常寂光寺
天龍寺
嵐電嵐山本線
二条駅
南禅寺
嵐山駅
阪急嵐山線
河原町
八坂神社
建仁寺
六波羅蜜寺
桂川
清水寺
阪急京都線
京都国立博物館
桂離宮
京都駅
東海道新幹線
鴨川

地図製作／ジェオ

第一章　誘拐

1

けさの小仏太郎《こぼとけたろう》は寝不足だ。昨夜は、事務所の従業員のイソとエミコの三人で、亀有《かめあり》駅前のバー・ライアンで飲んだ。

「小仏さんはいつも、イソさんのことを、イソって、呼び捨てにしてるけど、ちゃんとした名前はあるんでしょ」

ママの礼子《れいこ》が小仏にきいた。

「ちゃんとした名前がって、ヘンなききかたをするじゃないか」

イソはマイクを握っていたが、音をさせてカウンターへ置いた。

「ちゃんとした名前は、神磯十三《かみいそじゅうぞう》っていう不似合いな名だ。群馬県高崎市の出身で、現在三十一歳。大食いで、大酒飲みで、仕事が嫌いで、彼女がいないし、風呂嫌いだ」

小仏は少し大きい声で答えた。

「よけいなことを……」

イソは横を向くと、タバコをくわえた。

「イソさん、お風呂が嫌いなの」

ママは額に皺《しわ》をつくった。

「嫌いじゃないよ。メシより好きだよ」

イソは天井を向いてタバコの煙を吐いた。

「エミコさんは、いつも地味な服装をしてるけど、生まれはどこ」

ママは小仏の顔にきいた。

「佐渡《さど》生まれだから、ちいっと塩臭いだろ。育ったところは新潟市だ。深い深い事情のある娘だ」

小仏がいうと、ママは、

「みんな事情はあるのよ。……小仏さんは、いままで一度も笑ったことがないようだけど、ずっと独身なの」

「そうだ。仕事は忙しいけど、金儲《かねもう》けにならないことばっかり」

「頼もしそうだから、女性にモテると思うわ」

ママは薄い水割りをつくって、氷を落とした。

この店にはキンコという太っていて大柄なホステスがいる。イソはそのキンコが好きなのだ。彼女は二十四歳といったり、二十五歳といっているが、ほんとうはいくつか上だろう。

エミコは腕の時計をちらりと見て九時半に帰った。彼女が帰るとイソは歌をうたった。彼がうたう歌の舞台は石狩《いしかり》、函館《はこだて》、知床《しれとこ》だ。歌詞には雪、荒れる海、終着駅が入っている。

小仏は十一時に、店にイソを残して帰った。風呂上がりに日本酒を茶碗《ちゃわん》に注いで飲んだが、寝つきが悪かった。イソのダミ声が耳朶にくっついていたからだろう。

小仏のベッドで寝ていた猫のアサオが起きてきて、彼の膝《ひざ》へ飛びのった。

寝ついたのが午前二時ごろ。午前七時にアサオに頬《ほお》をノックされた。

朝刊には、認知症で行方不明になる人が、年間約一万人いると出ていた。そのうちの三百五十人ぐらいが徘徊《はいかい》のすえ、命を落としている。亡くなった人の五パーセントが、自宅から一キロ以内の場所で死亡。列車事故、高速道路に入り込む、階段からの転落。それと、全国で七百六十万人が独り暮らし。で、それは増加傾向――。

午前九時、デスクの電話が鳴ったので、小仏は膝にのせていたアサオを放り出した。

電話は、警視庁本部捜査一課の安間善行《やすまよしゆき》。小仏とはかつての同僚だ。

「いま、忙しいのか」

安間がきいた。

「細かい仕事が二、三件。忙しいとはいえない」

「頼みがある。手を貸してもらいたい」

「話してくれ」

小仏はペンをつかんだ。

安間は咳払《せきばら》いをした。人気のない場所から掛けているらしい。

「うちの課長の友人の娘さんが、行方不明になった」

「自宅から……」

「いや、旅行先からだ」

安間は、詳しいことを話したいので、本部の近くへきてもらいたいといった。

「了解。十一時でいいか」

安間は低い声で、待っているといった。

エミコが買い物から帰ってきた。アサオは彼女の白い足にからみついた。きょうのエミコは、襟だけが白い半袖シャツに、いつもどおりのジーパン。

「きょうは六月一日、夏ですよ。所長はなんの記念日か知っていますか」

「知らないと、恥ずかしいのか」

「そうでもないでしょうけど」

「時の記念日か」

「気象記念日です。カレンダーには、電波の日で写真の日と載っています」

小仏は、コーヒーを飲んでトーストをかじった。

ドアの外で口笛が鳴った。イソはドアを乱暴な開けかたをして入ってくると、小仏の靴を足で隅へ寄せた。

「おれも、トーストを食いたい」

イソは、エミコの背中へいった。

「朝メシを食ってこなかったのか」

小仏は牛乳を飲んだ。

「水を飲んだだけ」

「ゆうべ、ライアンに何時までいたんだ」

「何時までだか、憶《おぼ》えていない」

小仏探偵事務所にはもう一人調査員がいる。本名は下地公司郎《しもじこうしろう》で、シタジと呼んでいる。

きょうのシタジは埼玉県川越市《かわごえ》へいっている。ある食料品店の業績を調べるために、直行していると電話をよこした。イソとは大ちがいで真面目《まじめ》で仕事熱心な男だ。

きょうは、警視庁へ安間に会いにいく、とイソにいうと、

「また、むずかしい調査を押しつけられるんじゃ」

と、イソはいい、焼きたてのパンをちぎって、アサオの鼻先へ差し出したが、アサオは横を向いて彼の前をはなれ、エミコの足元へすわった。

きょうのイソは、渋谷区上原《うえはら》へ聞き込み調査にいくことになっている。そこには以前、二宮《にのみや》旬《しゅん》という演歌歌手が住んでいた。十年ぐらい前だが、二、三曲、立てつづけにヒットした歌があって、しょっちゅうテレビに出ていた。だが四十五、六歳のとき病気になった。そのためにテレビの歌番組にも出られないし、舞台にも立てなくなった。入院したり、自宅で静養したりしていたらしいが、一年後に自宅が火事になった。放火されたという風評もある。歌手は現在、静岡県のどこかでひっそりと暮らしているようだ。

焼ける前、上原の土地にはしゃれた二階建ての家が建っていたが、いまは約四百坪の土地が更地のままになっている。不動産会社が管理して売りに出しているが、買い手がつかない。

小仏事務所は、新宿の衣料品会社社長から、上原の土地を買いたいが、いまもって買い手がつかなかったのには、なにかよくない理由でもありそうだ、その「理由」を詳しく調べてもらいたいという依頼を受けた。

調査の結果、気にするほどの事情がなければ、その土地に自宅を建てたいと社長はいっている。

「先に歌手に会って、放火の疑いがあるが、思いあたることはって、きくほうが」

イソがいった。

「いま、どこにいるのかが分かっていないんだ。歌手の居所をさがす前に、空き地の周辺を歩いて、風評を詳しくきいてこい」

イソは了解したのか、頭に手をのせていたが、炊事場を向いているエミコに、

「コーヒーを飲んでから」

と、ゆうべのカラオケのつづきのような声を出した。

「一人前に、コーヒーだと」

小仏は新聞を筒状にした。

イソは首を肩に沈めると、小ぶりのバッグを肩に掛けて、逃げるように出ていった。が、すぐにドアを開けた。ドアから首だけ出して、

「人間には、十二年周期があるのを、所長は知らないでしょ」

と怒鳴るような声を出した。

「出し抜けに、どういうことなんだ」

小仏も声を高くした。

「十年間頑張ったら二年間の休養が理想。五年間働いたら一年、一年働いたら二か月……」

「寝言は寝てからいえ」

小仏は、履いていたスリッパを、イソめがけて投げつけた。

2

小仏は、桜田門の信号の下から安間に電話した。曇り空を映している凱旋濠《がいせんぼり》を二羽の白鳥が、寄り添ったりはなれたりしながら泳いでいる。

五、六分して本部玄関を出てきた安間は、門衛の前で手を振った。
二人は、日比谷公園へ歩いて、園内のレストランで向かい合った。

「うちの課長の親友は岩倉良平《いわくらりょうへい》という人で、神田錦町《かんだにしきちょう》で山手《やまて》産業という会社をやっている。主に北海道の海産物や野菜を買い付けて、都内や関東地方の業者に卸していて、業績は好調らしい。社員は約五十人。札幌に支社があるそうだ」

安間は黒い表紙のポケットノートを見ながらいって、グラスの水を飲んだ。

岩倉には娘が二人いて、上の娘は三年前に結婚し、その人の夫は大里達哉《おおさとたつや》といって山手産業に勤めている。社長の岩倉良平にもしものことがあった場合、大里が社長になることも考えられる。

上の娘の名は由貴《ゆき》で二十九歳。二歳の男の子がいる。下の娘は麻琴《まこと》といって二十五歳で独身。彼女は山手産業の総務課に勤めている。

「その麻琴という娘が行方不明になっている」

安間はそういって、また水を飲んだ。けさは塩辛いものでも食べたのか。

小仏は先を促すように、岩倉麻琴が行方不明になるまでのいきさつをきいた。

「麻琴は一昨日の午後、親友の女性の結婚式に出席するために、名古屋へいった。結婚式は、きのうの午前十一時からだった。……ところが彼女は、市内のホテルの式場へあらわれなかった。麻琴は一昨日の夕方、新婦である谷垣久仁《たにがきくに》子《こ》に、名古屋市内のホテルに着いたと電話していた。きのうは服装をととのえて結婚式場へあらわれるはずだった」

谷垣久仁子は首をかしげて麻琴に電話した。するると電話は電源が切られていた。それで予期しない困り事でも起きたにちがいないと想像して、自分の父親に話した。

父親は、「大事な日に、いったいなにが」と頭を抱えたが、友人で、現在警視庁捜査一課長の本郷《ほんごう》を思い付いて、「娘の結婚式に出席するはずの、岩倉麻琴という女性が式場へあらわれなかった。ケータイは電源が切られている」と話した。

「名古屋で友人の結婚式に出席するはずの女性が……」

小仏はノートにメモを取った。

「きのうの出来事だ」

〈五月三十一日　式場・名古屋市中区丸の内三丁目・エビスマホテル　岩倉麻琴が宿泊したのは丸の内二丁目のオリオンホテル。彼女は五月三十日の午後、チェックインしたはず〉

と、小仏はメモした。

「名古屋の所轄署には届けただろうな」

「谷垣久仁子の父親が届けたそうだ」

「麻琴という女性を早くさがし出さないと……」

小仏は、自分が書いたメモを見ながらつぶやいた。

「うちの課長は、内密に動いてもらいたいといっている」

「分かっている」

いつの間にかレストランのテーブルは八割がた客で埋まっていた。小仏と安間は辛いカレーをすくった。白のシャツに黒いスカートの若いウェートレスがグラスに水を注いだ。

小仏は気付いて、谷垣久仁子の住所をきいた。安間は、

「きかれると思ったので」

といって、ノートを開いた。

小仏は安間とレストランの前で別れると、神田錦町の山手産業へ向かった。その会社の入口には「山手ビル」という白地に黒い文字の看板が出ていた。ビルに入って案内板を見ると一階から三階までが山手産業で、その上の八階まではテナントらしかった。大通りの正面は神田警察署だ。付近には学校がいくつもある。

受付へ出てきた女性に、社長に会いたいと告げて名刺を出すと、彼女は小仏の風采《ふうさい》を吟味するような目をしてから、電話を掛けた。

「ご案内します」

彼女はそういってから、ふたたび大柄な小仏の全身に視線を這《は》わせた。彼女は岩倉麻琴の行方不明を知っているようである。麻琴の不意の出来事は全社員に知られていそうだ。

小仏はエレベーターで三階の応接室へ案内された。社長室は隣室らしく、社長の岩倉良平はすぐに出てきた。中背だが肩幅が広い。丸い顔で目が細い。

「先ほど本郷さんから連絡がありまして、小仏

さんに相談するようにといわれました。本郷さんは小仏さんのことを、いままで笑ったことがないような顔をしているが、仕事熱心だし、口は堅いといっていました」

といって微笑した。

「お嬢さんのことではご心配でしょうが、なにがあったかを知るため、できるだけ詳しく話してください」

小仏は岩倉の顔に注目した。

岩倉は眉間《みけん》に太い皺をつくったが、「分かった」というふうにうなずいた。

ドアにノックがあって、クリーム色のシャツの女性が紅茶を運んできた。カップから立ちのぼる湯気にはいい香りがあった。

小仏はまず、麻琴から連絡があったかをきいた。

「いいえ、まったく……」

麻琴は、宿泊したオリオンホテルを、昨日の午前十時半すぎにチェックアウトしているのを確かめたという。結婚式が行われるエビスマホテルへは、歩いて七、八分。チェックアウトをしているというのだから、オリオンホテルを出たのちに、彼女の身に何事かが起こったのか。

彼女はホテルに単独で泊まっており、ホテルを出ていった彼女を見た人はいない。

「麻琴さんは、五月三十日の夕方、名古屋に着いたようですが、列車利用でしたか」

「新幹線でいったはずです。私にはそういいにきて、旅行鞄《かばん》を持って出ていきました」

山手産業の社員の麻琴は三十日の午後二時ご

ろ、社長室へきて、岩倉に、「これから名古屋へいきます」と、一言断わって出ていった。新婦の谷垣久仁子は、半月前まで山手産業の社員だったので、社長の岩倉は祝い金を熨斗《のし》袋に入れて麻琴にあずけた。麻琴は午後五時ごろには名古屋に着いたろうと思われる。

「これから名古屋へという挨拶においでになった麻琴さんに、普段と変わったようすはありませんでしたか」

「いいえ。変わったようすなど」

岩倉は首を振った。が、背筋を伸ばして腕組をし、しばらく黙っていた。紅茶を一口飲むと目を瞑《つぶ》り、一分くらいして目を開けた。その目は瞑る前よりも光っていた。

「これは、家族と、一部の親戚《しんせき》しか知らないことですが」

といって唾《つば》を飲み込んだ。

小仏は黙って、岩倉の顔の微妙な変化を見ていた。

「麻琴は、私たち夫婦の実の子ではないのです」

岩倉は視線をわずかに下げた。

「とおっしゃいますと」

「私の家には、秋田の男鹿《おが》から中学を了《お》えて出てきた今日子《きょうこ》という家事手伝いの女の子がいました。その子には近所のアパートを借りて、そこから通わせていました。十五歳のときから六年ばかり経《た》ったとき、お腹《なか》の変化に、私の家内が気付きました。相手はどういう人かと家内がきくと、今日子は、会社員らしい、と曖昧《あいまい》な答えかたをしました。その男と結婚するのかときくと、そういう話をしたことはないといいました。子どもを産んだら育てていかなくてはならないのだと、家内はこんこんと話しました。今日子は家内のいうことを理解したようでしたが、いつものように出勤しては家事をこなしていました。……だれの目にも妊娠が分かるようになったとき、相手の男を連れてくるようにと家内がいうと、彼女はそうするといったけど、次の日、相手の男は、何日か前にアパートから引っ越して、行き先は分からないと答えました。……今日子は、出産予定日より何日も早く、台所で苦しみはじめました。家内は救急車を呼んで、一緒に病院へいったんです。今日子は夜中に、女の子を産みました。生まれた子は丈夫そうでしたが、今日子は起き上がることができず、ろくに乳も出ませんでした。貧血で、トイレにすらいけない状態がつづいていて、退院できないまま、看護師に赤ん坊を抱かせて、息を引き取ったんです。男鹿の実家へ報《しら》せると、四十代半ばの母親だけがやってきて、ものをいわなくなった娘の髪を撫《な》でていました。……『赤ん坊を』と、私が母親に話し掛けると家内が横あいから、『赤ちゃんはわたしが育てます。今日子は娘のような人でしたので』といって赤ん坊を抱き上げました。母親が、今日子の顔を家族に見せたいといったので、寝台車を頼んで、今日子と母親が乗った車を、私と家内と娘の由貴と、まだ名前のなかった赤ん坊とで、見送りました」

「では、赤ちゃんのお名前は、岩倉さんが」

小仏は、すわり直すように腰を動かした。

「家内が、麻のように真っ直《す》ぐ育つようにといって……」

渋谷区宇田川《うだがわ》町の岩倉家には、三浦《みうら》今日子の位牌《いはい》が仏壇に並んでいるという。

麻琴は健やかに成長し、高校での学業成績もよく、長女の由貴が学んだ大学に通って卒業し、迷わず山手産業の社員になった。

「事件に遭うような人ではない」小仏は胸のなかでいった。

小仏は、麻琴は、岩倉夫婦の実子でないのを知っているか、ときいた。

「知っています。私と家内が話しましたので」

社長は眉《まゆ》を動かしていった。


小仏は、麻琴の体格をきいた。すると岩倉は秘書を呼び、麻琴の写真を持ってこさせて体格を話させた。

「身長はわたしより少し高くて、一六三、四センチで、胸も厚いほうです」

と、秘書が答えた。

小仏は写真に目を凝らした。額の三分の一ぐらいに髪がかかっている。笑っているせいか八の字をした目が細い。左目の脇に小豆《あずき》のようなほくろがある。色白の頬はふっくらと丸くて、人の好《よ》さそうな顔立ちだ。胸に鳥の絵がついた白い半袖シャツを着て、黒いタイトスカートをはいている。

「黒い物が好きで、赤とか緑のものは身に着けていません。冬場は、コートとジャケットも黒です」

秘書が答えた。

小仏は、写真をあずかるといって、バッグにしまうと、

「最近の麻琴さんに、いつもとは変わった点はありませんでしたか」

小仏は、社長と秘書の顔にきいた。二人は顔を見合わせていたが、気付いたことはないようだった。

麻琴に関しての情報が入ったら知らせてもらいたいといって、小仏は椅子《いす》を立った。

社長も立ち上がった。小仏の目には「誘拐」の二文字が浮かんだ。

小仏は、東京駅へ走るように向かった。

3

東海道新幹線で名古屋には午後六時すぎに着いた。東京の空も名古屋の空も、同じ灰色をしていた。三六六キロを一分のくるいもなく到着する列車が不思議だった。

駅のコンコースには群集が流れていた。これから列車に乗る人、降りた人、勤め帰りの人の群れで、息苦しかった。

麻琴が一泊したオリオンホテルへ向かって走った。駅舎を出て六分で着いた。白いタイル張りのホテルには人の出入りがあった。ロビーの丸い柱に寄りかかって会話している男と女がいた。「案内」の腕章の中年男性を呼びとめて、

名刺を渡した。五月三十日に一泊した岩倉麻琴という女性客についてききたいことがある、と告げた。案内係は、フロントに近いソファへ小仏を招いた。

「その方のことでしたら、所轄の中署の刑事さんにもお話ししました」

「ご面倒でしょうが、私にも話してください。私は岩倉さんのご両親から調査依頼を受けています」

小仏は、警視庁職員からの依頼だとはいわなかった。

「そのお客さまは、三十一日の午前十時半すぎに、チェックアウトされました。それ以外に変わったことはありませんし、ホテルを出ていかれたあとのことはなにも分かりません」

「宿泊した日か次の日の朝、岩倉麻琴さんの宿泊を確認する、あるいは宿泊したのを確認するような電話は」

「なかったと思います。たとえあったとしても、お答えしないことになっています」

小仏は、岩倉麻琴のチェックアウトの時刻だけを教えてもらった。それは五月三十一日、午前十時三十一分だった。

小仏は、ロビーの天井を見渡した。防犯カメラが何か所にもついていた。

麻琴についてひとつだけ分かったことがあった。それは宿泊する日の夕食をどこで摂《と》ったかだった。ホテル内にはレストランもラーメン店もあるが、彼女はそれを利用していなかった。するとは、チェックインのあと、食事のために外出したのだろうか。あるいは弁当でも買ってきて、客室で食べたのか。外出したとすると、ホテルの近くの店で独りで食事をしたのか。一緒に食事をした人がいたかもしれない。もしも一緒に食事をした人がいたとしたら、その人は重要だ。

名古屋には、彼女の知り合いか親しい人がいるのだろうか。それは男か女か。

ホテルを出ると、結婚式を挙げたばかりの谷垣久仁子に電話した。当然だが彼女は麻琴の行方不明を知っていた。

小仏が、麻琴の行方をさがしている者だというと、

「麻琴のことが分かったんですか」

と、やや高い声できいた。小仏は彼女を訪ねることにした。

久仁子の住所は千種《ちくさ》区希望ケ丘《きぼうがおか》のマンションだった。中背で細面の彼女は麻琴と同い歳《どし》のはずだが、疲れているような蒼白《あおじろ》い顔をしていた。

「夫は千種駅の近くの空調設備を製作している会社に勤めています。会社へは自転車で通える距離なので、このマンションを選びました。一週間もしたら、わたしは就職先をさがすつもりです。その前に入籍の手続きを。……わたしは日高《ひだか》姓になります」

彼女とは、キッチンの真新しいテーブルで向かい合って話した。

「結婚式の日、わたしにとっては、いちばん出席して欲しい麻琴が……」

久仁子はそういうと、両手で顔をおおって泣き出した。式の当日、彼女は晴れやかな衣裳に身を包んで、来客からは、「おめでとう」をいいつづけられていたが、麻琴の姿がないので心は不安に沈んでいた。前の日は元気な声で電話をくれたのに、なぜなのかと、会場を目でさがしてばかりいた、といって、声を出して泣いた。

「麻琴さんが出席していないことを、会場でご主人にお話しになりましたか」

「彼は、麻琴の姿がないのを式の途中で気付いたんです。なにかあったな、と小さい声でいいましたけど、式がすむまで、麻琴のことには触れませんでした」

宴会がはじまったところで、久仁子は自分の両親に、麻琴が出席していないことと、きのうの夕方、元気な声で、「名古屋に着いた」と電話をくれたことを話した。両親も顔色を変えて、会場を見まわしていた。

麻琴とはどういう女性かを小仏はきいた。

「口数の少ない、おとなしい人です。写真をご覧になって分かるでしょうけど、スタイルはいいほうですし、可愛《かわい》い顔で、笑うと目が八の字になります。話し合いをしても、積極的に自分の考えなんかを主張しません」

「そろそろ、結婚を考える年齢ですが、お付合いしている男性はいたでしょうか」

「以前、彼女が好意を持っていた人がいました。山手産業の社員です。その人は一年ぐらい前に結婚しました。それを知ったとき麻琴は、ちょっとしょげていました。麻琴とその男性社員は深い関係ではありませんでした。その後は好きな人がいないのか、彼女から男性についての話をきいたことはありませんでした。……高校ではバレーボールをやっていたときいたことがあります。大学ではゴルフをやっていました。ゴルフは、お父さんが教えたんです。球技の才能があるのか、めきめき腕を上げて、お父さんより上のスコアでプレーする日があるときいたことがあります」

姉の由貴は和風好みで三味線を習っていた。向島《むこうじま》に三味線の師匠がいて、日曜のたびに稽古《けいこ》に通っていたという。

「あなたは、麻琴さんの生い立ちをご存じでしょうか」

「生い立ちとおっしゃいますと」

岩倉良平と光子《みつこ》の実の子でないのを知らないらしい。久仁子は眉を寄せ、首を少し前に出した。

麻琴は確実に事件に巻き込まれている。彼女の出生について話すべきかを小仏は迷ったが、

「これは世間に知られていないことです」

と、声を低くした。

「なにか秘密でもあるんですか」

「じつは、岩倉さんご夫婦の子どもではなかったんです」

「えっ。もらわれてきた子ということですか」

「そう。岩倉家で働いていたお手伝いさんが産んだ子だった。その人は、いわゆる産後の肥立ちが悪く、乳を与えることもできずに亡くなったんです。それでご夫婦は話し合って、次女と

して育てることにしたんです」

「知りませんでした。そういえば、お姉さんの由貴さんとは顔立ちが似ていません。体格もちがいます。……山手産業に現在勤めている社員でそれを知っている人はいないのでは」

久仁子は、知らなかった、といって口を少し開けていたが、麻琴を産んだ女性はどこの人だったかときいた。

「秋田県の男鹿というところからきていたんです。娘の死亡をきくと、母親だけが上京して、死亡した娘に会ったということです。岩倉さんの奥さんは、赤ん坊はうちで育てる、といって死んだ娘の母親には渡さなかった」

「麻琴さんは、そういう経緯《いきさつ》の女性だったんですか。……彼女はそれを知っているのでしょうか」

「岩倉さんご夫婦は話していたそうです」

「それと、今回のこととは……」

久仁子は窓のほうへ顔を向けた。窓ガラスを鳥の影が横切った。

「麻琴さんは、あなたの結婚式の前の日の夕方、名古屋に着いて、ホテルへ入った。ホテル内で夕食を摂った記録はないから、外へ出たのだと思います。名古屋には、一緒に食事をするような人がいますか」

「います。大学の同級生の女性です。わたしは会ったことがありませんが、麻琴さんからゴルフのうまい人だときいたことがあります。一緒にプレーしたことが何度もあるようでした」

久仁子はそういうと額に手をあてて、なにかを考えているようだったが、その人の電話番号が分かるかも、といって、スマホを取り出した。

彼女は電話番号をプッシュすると椅子を立って窓を向いた。相手と二言三言話してから、テーブルに置いた広告の裏へ電話番号をメモして、礼をいった。

「糸山恵《いとやまめぐみ》さんという方です。電話してみてください」

小仏は、久仁子が書いたやや乱暴な大きい字の電話番号へ掛けた。呼び出し音が六つ鳴って、「はい」とハスキーな女性が応じた。

小仏は名乗ってから、

「岩倉麻琴さんの行方をさがしている者です」

といった。

「麻琴の行方をですって、どういうことなんですか」

ハスキーボイスはきいた。

小仏は、麻琴が友人の結婚式に出席するはずなのに、式場にあらわれなかったことと、消息不明になっていることを話した。

「結婚式に出るために名古屋へきたのに……」

糸山恵はそういってから、黙った。思いがけない知らせに驚いたのか、口を閉じてなにかを考えているのか。

「三十日の夜、わたしは、麻琴と一緒に食事をしました」

そのときの麻琴のようすを知りたい。小仏は、これから会えないかと糸山恵にきいた。彼女は、「お会いしましょう」といって、麻琴が宿泊したオリオンホテルを指定した。

小仏は、麻琴に関して思い出したことや、気付いたことがあったら電話をもらいたいと久仁子にいって、外へ飛び出すと、タクシーを拾った。

糸山恵は、ホテルのドアの内側に立っていた。面長で大柄だ。髪を薄く染めている。紺の半袖シャツに藤色のベストを重ねていた。

二人はラウンジへ入って、名刺を交換した。恵は、スポーツジムのインストラクターだった。

「小仏太郎さん。覚えやすいし、いいお名前ですね。調査のお仕事は長いのですか」

彼女は笑みを浮かべてきいた。

「私は三年前まで警視庁で事件捜査にあたっておりました」

「刑事さん……」

彼女は小さい声でつぶやいた。

「三十日の夜、麻琴さんと一緒に夕食をなさったそうですが、そのときの彼女とは、どんなお話を」

恵は麻琴を、このホテルの近くの鉄板焼きの店へ誘った。二人が会うのは一年ぶりだった。

二人はビールで乾杯して、肉と野菜を焼いた。

「麻琴は、友人の結婚式に出席するために、名古屋へきたのですから、どちらからともなく結婚に関する話をしはじめました。わたしは一浪して大学へ入ったので、麻琴より一歳上です。付合っている人がいて、わたしのほうから、そろそろ結婚をって話しているんですが、彼のほうは、『そうだね』というだけなんです。つまりわたしと世帯を持つことには踏みきれないんです。それを話してから、麻琴のほうはってきいたら、付合っている人はいないっていってました。山手産業の社員のなかに、好意を寄せられている人がいるけど、彼女はその人を好きになれないので、二人だけになる機会を避けているといっていました。……あとはゴルフの話ばかり。今年になって、お父さんを二回負かしたそうです。……山手産業は年に一回、秋に、お得意さまを招待してゴルフ大会をやっています。その大会で麻琴は優勝したことがありました。岩倉社長はその日の彼女のスコアを見て、『このバカめが』といって、彼女をにらみつけたということです。ゴルフ大会はお得意さまを接待する日だったんです」

恵は微笑したがすぐに真顔になって、夕食をともにした麻琴とは午後十時前にレストランの前で別れたといった。

「麻琴さんの行方不明とは関係がないと思いますが、彼女は、岩倉夫婦の実の子ではありませんでした」

「えっ、そんなこと、麻琴からきいた憶えはありません。実のお母さんは、どういう方だったのでしょうか」

「三浦今日子さんといって、秋田県の男鹿出身の人で、岩倉家で家事手伝いをしていたんです」

「知らなかった。今日子さんという人は、麻琴を岩倉家にあずけて……」

「いや。麻琴さんを産んだ数日後に、病院で亡くなったということです。男鹿からは今日子さんのお母さんが上京して、赤ん坊を連れて帰るつもりだったんでしょうが、岩倉さんの奥さんが、育てるといって、今日子さんのお母さんには渡さなかったそうです」

「そういえば、姉の由貴さんと麻琴は似ていません」

麻琴は、岩倉夫婦の実の子でないことを知っているのだろうかと、恵はきいた。

「知っています。岩倉さんご夫婦が詳しく話したそうです」

「麻琴は岩倉家の子になって、幸せだったんじゃないでしょうか」

恵は、顔の前で手を合わせた。白い指にはなんの飾りもなかった。

4

小仏はオリオンホテルに泊まって、朝食を摂って東京へ帰った。

「お帰りなさい」

エミコがいってから、

「三十分ほど前に、岩倉さんから電話がありました。所長に電話をということでした」

麻琴の父親だ。昨夜の岩倉は麻琴の行方不明を案じて眠れなかったのではないか。

小仏は足にからみついたアサオの足をあやまって踏んだ。アサオは一声、猫とは思えない声を出した。

山手産業へ電話した。透きとおるような女性の声が応じた。岩倉良平は社長室にいるようだ。

小仏は、かつて山手産業の社員だった谷垣久仁子と、麻琴の大学での同級生の糸山恵に会ったことを話した。

「ご苦労さまでした」

岩倉は小さく咳払いをしてから、「ゆうべ、家内と麻琴の部屋へ入ってみました」と、やや低い声で切り出した。

「麻琴は、実の母親の家族と、たよりをし合っていたことが分かりました」

「えっ……」

小仏は思わず小さく叫んだ。

岩倉は男鹿の三浦家とは音信を絶っており、縁が切れたものと思っていたのだが、麻琴は、内密に母の実家と交信していたのだという。

「麻琴を産んだのは今日子です。亡くなった今日子を引き取っていったのは、とよ子という今日子の母親でした」

岩倉夫婦も、今回の麻琴行方不明の一件によって、意外な事実を知ることになったようだ。

「麻琴は、男鹿の三浦家へいったことがあったような気がします。何度か独り旅をしています。男鹿へいってきたと話したことはありませんが、一度や二度は、立ち寄ったことがあったんじゃないでしょうか」

岩倉は、麻琴の姿を追っているような話しかたをした。

小仏は、麻琴が男鹿の三浦家と交信していたのをなにで知ったのかをきいた。

「年に何度か、給料のなかから、いくらかを、とよ子宛《あて》に送金していたんです」

タンスの引き出しに、郵便局から現金を送った控えとメモを入れた封筒があったのだという。

「宛先は、おばあさん」

小仏はペンをつかんでいった。

「私は一度しか会っていない三浦とよ子です」

麻琴を産んだ今日子の母親だ。病院で死亡した今日子を引き取った人だ。たぶん七十代ではないだろうか。

「男鹿の三浦家からの来信はないのですね」

「それは、ありません」

麻琴は三浦家の人とは、電話でやりとりしていたのだろう。

彼女が郵便局で送金手続きをする一瞬、育ての親から心がはなれただろうことを、岩倉夫婦は感じたにちがいない。

「それ以外に、変わったことはありませんか」

「ありません。警視庁の本郷さんからも電話があって、麻琴の行方はまったく不明だといわれました。本人の意思でいなくなったとは思えませんので……」

岩倉は、何者かに攫《さら》われたにちがいないといいたかったのだろう。


小仏は、イソとシタジの仕事を、エミコにきいた。二人とも現場へ直行して、聞き込みをつづけているはずだという。

小仏は、エミコの淹《い》れたコーヒーを一口飲んだ。「旨《うま》い」といおうとしたところへデスクの電話が悲鳴のように鳴った。

「小仏さん、大変です」

岩倉良平は叫ぶようないいかたをした。

「どうしましたか」

「たったいま、家内から電話があって、女の声の電話で、『麻琴さんをあずかっている。またあとで』といって切ったということです」

岩倉は、「本郷さんにも女性からの電話を伝えた」といった。

「やはり誘拐だったか」

小仏は、頬に手をあてた。攫った女性を岩倉麻琴と知ってか、それとも高級ホテルから上質の服装をして出てきたので、金になりそうと踏んだのか。

安間からも電話があった。

「一言で電話を切った。馴《な》れてるやつかもしれない」

警察は誘拐犯からの再度の電話にそなえて、逆探知の手はずを指示したという。

小仏は、渋谷区宇田川町の岩倉家へ駆けつけた。所轄の渋谷署員が四人、電話の声の録音と逆探知装置の取り付けをしていた。

午後三時十五分、電話が鳴った。呼び出し音が鳴っている鶯《うぐいす》色の電話機を、小仏はにらんでいた。六回鳴ったところで切れた。敵は声を録《と》られるのを警戒しているらしい。

電話は三分後にまた鳴った。三回鳴ったところで、小仏が光子に目で合図した。彼女は胸に手をあてた。

「警察に知らせたのか」

男の声だ。

「いいえ」

光子は震えている。

「嘘《うそ》こくな」

「いいえ」

「さっきは、なぜ出なかったんだ」

「離れたところにいたものですから、あのう……」

光子がなにかをききかけたが、電話は切れた。

敵は明らかに警戒している。

警官と一緒に録音した声をきいた。

「若いやつじゃないな」

四十半ば見当の警官がいった。

小仏は、気が付いたことをノートにメモした。

午後三時五十分、電話が鳴った。三回鳴ったところで光子が受話器をにぎって、「はい」といった。

「そこにだれかいるんだろ」

さっきと同じ中年男の声だ。

「いません。だれも」

「あんたは、だれだ」

「麻琴の母です。麻琴は……」

電話は切れた。

「相手は、この手の犯行に馴れていそうな気がします」

警官がいった。短い会話で切るからだろう。

岩倉が、息を切らすようにして帰宅した。

午後四時四十分、電話が鳴った。

「私が出る」

岩倉はいって、受話器を上げ、「はい」といった。

「あんたは、だれだ」

また麻琴の母親が応じるものと思っていたようだ。

「岩倉だ。麻琴の父親だ。麻琴を電話に出してくれ」

「あんたは、京都の地理に通じているか」

「京都へは、何度かいっているが、地理には通じていない」

「不勉強だな」

「大きなお世話だ。そんなことより、麻琴はどうしているんだ」

電話はぷつりと切れた。

小仏は、岩倉と警官の前で、

「京都とは、いったいなんでしょうか」

といって、首をかしげた。


「京都から掛けているということでは」

警官がいった。敵は、「京都の地理に通じているか」ときいたのだから、京都にいる可能性がある。七人は顔を見合わせたが、手も足も出なかった。

陽《ひ》の暮れぎわに、長女由貴の夫の大里達哉が、七人が電話機をにらんでいる部屋へ飛び込むように入ってきた。小仏と同じくらい背の高い面長の男だった。年長の警官が、これまで掛かってきた電話で、男がいったことを話した。

「京都……」

大里はつぶやいた。

午後六時二十六分、電話が鳴った。岩倉が受話器を上げた。

「おやじさんか」

中年男の声がきいた。

「岩倉だ」

「これから、麻琴さんに、旨い物を食べさせる」

「麻琴を電話に出してくれ」

「これから食事だって、いまいっただろ」

「麻琴と話をさせてくれ。食事はそのあとでいいだろ」

「京都の左京区の一乗寺《いちじょうじ》っていうとこに、詩仙《しせん》堂《どう》という寺があるのを、知ってるか」

「きいたことはある。いったことはない」

「江戸時代初期の文人の石川丈山《いしかわじょうざん》が、晩年の三十年余を過ごした山荘だ」

「そ、そんなことより、麻琴を。麻琴はどうしているんだ」


相手は、「うるさい」とでもいうように電話を切った。

額を寄せ合って電話機をにらんでいた八人は、電話を掛けてくる男の言葉に地方訛《なまり》があるかどうかを話し合った。

「出身地や住んでいるところを気付かれないように、訛には気を遣っていそうです。京都かその付近の出身者ということも考えられます」

丸顔の警官がいった。七人はうなずいた。

京都府警に連絡して、麻琴を拉致しているらしい男が口にした、「詩仙堂を知ってるか」といった言葉を伝えた。

京都・下鴨《しもがも》署から電話で、詩仙堂の周辺を探索するという連絡があった。

出前のすしが届いた。光子は泣いたらしく、赤い目をしている。

午後八時をすぎたが、誘拐犯からは電話がなかった。犯人は麻琴に食事を与えただろうか、と光子はかすれ声でいった。彼女の目尻の皺は、一挙に深くなったようで、目の下の袋もたるんだようである。

握りずしを二つ三つ食べて、目を瞑っていた岩倉は、ポケットからスマホを取り出すと、鶯色の電話機をひとにらみして、電話を掛けた。相手に対して、「大変なことになった」と告げた。会話は短かった。

「弟に知らせました」

弟は、岩倉和彦《かずひこ》といって、自動車販売会社の社員だという。住所は近いらしい。

「六時二十六分に掛かってきた電話は、ケータイからだと分かりました」

四人の警官のなかでは最年長に見える中沢《なかざわ》という警部補が、本部との電話を終えるといった。

「そのスマホを持っていた人は、十日の夜にタクシーのなかへ置き忘れたんです。運転手はそれに気付かなかった。次に乗った人が、そのスマホを持ち去ったものと思われます。置き忘れたのは東京の人で、銀座から池袋の自宅へ帰って、タクシーのなかへ置き忘れたか落としたことに気が付いて、タクシー会社へ電話した。だが、スマホは見付からなかった。スマホを置き忘れた人の次にタクシーに乗ったのは男で、五十歳ぐらい。池袋駅前から乗って、南大塚の都立大塚病院前で降りたことが、運転手の記録で分かりました」

麻琴を攫った者が、タクシーのなかへスマホを置き忘れた人の物を使っていることが判明した。スマホを失《な》くしたのは坂元有吾《さかもとゆうご》といって五十一歳の会社員。

岩倉和彦がやってきて、応接間に集ったのは九人。警官たちは床にあぐらをかいて、腕を組んで目を瞑った。

5

六月三日、午前八時二分、麻琴を誘拐したという男が電話をよこした。

「私が出る」

小仏はいって、八人の顔を見まわした。中沢がうなずいた。

電話は四回鳴ったところで、小仏が受話器をつかんだ。

「眠ってたのか」

男の声だ。喉《のど》になにかがからんでいるような声で、何度も咳払いした。

「眠ってなんかいない」

「おやじさんの声とはちがうが、だれだ、あんたは」

「小仏という者だ」

「変わった名だが、なにをしている人なんだ」

「農業」

「東京で農業。……なにを作っているんだ」

「ほうれん草にじゃが芋。それから大根に葱《ねぎ》。それから」

「全部いわんでいい」

「あんたがきいたからいってるんだ。あんたの職業は」

「いいたくない」

男はひとつ咳をした。

「無職か。なにをやって食ってるんだ」

「なにをやってようと、大きなお世話だ。……あんたは岩倉とはどういう間柄なんだ」

「ずっと以前からの友だち。娘さんのことが心配になったんで、駆けつけたんだ。麻琴さんはどうしてる。ちゃんと、ご飯を食べさせたか」

「そんなこと、心配せんでいい」

「麻琴さんを攫って、どうするつもりなんだ。そんなことを、いつまでもやってると、銃で土手っ腹を撃ち抜かれるぞ」

小仏が声のボリュームを上げたからか、電話は切れた。

三分後に、男は電話をよこした。

また、小仏が応じた。

「あんたは警察だな」

男は、密《ひそ》やかな声を出した。

「農業だといったじゃないか」

「嘘こくな。農家の人らしくない。態度がでかい」

「そうか。悪かったな。ところで麻琴さんを早く返せ。若い娘を攫って、なにをしようとしてるんだ。目的をいえ」

「よし、いおう。岩倉さんに代わってくれ」

小仏は、二、三呼吸して、岩倉に受話器を渡した。岩倉は一瞬、唇を震わせたが、

「岩倉だ」

と呼び掛けた。

「現金を用意してくれ」

「娘を返してくれたら、出す。いくらだ」

「三千万でどうだ」

「大金だな。娘を返してくれるなら、出そう。どこへいけばいい」

「現金を持って、京都へきてもらいたい」

男の話し方は少し穏やかになった。目的が通りそうだとみたからか。

「京都のどこへ」

「野仏庵《のぼとけあん》を知ってるか」

「知らない。きいたこともない。和菓子でも売ってる店か」

「困った人だな。なんにも知らん人だな、あんたは。それでよく会社を経営しているな」

「あんたにいわれたくない」

「詩仙堂の向かいに京都民芸館がある。その隣が野仏庵」

「お寺か」

「寺じゃない。閑静な座敷のある茶室」

「そこに、あんたは住んでいるのか」

「住んでいるわけじゃない。くれば分かる。早く現金を持ってこい。金を受け取ったら娘は返す」

電話は切れた。

「三千万持ってこいとは、大きく出たな」

中沢が、苦虫を噛《か》み潰《つぶ》したような顔をした。

「男の言葉には、生まれたところと思われるクセがあります」

小仏は、男の言葉をメモしたノートを開いた。

「『嘘こくな』『全部いわんでいい』『心配せんでいい』それから、『なんにも知らん人だな』といった。これは明らかに地方言葉です」

三十歳見当の細い目をした警官が手を挙げた。

「長野県の伊那《いな》地方の言葉ではないでしょうか。私の母がときどき使う言葉に似ています」

「お母さんの出身地は」

小仏がきいた。

「飯田《いいだ》市です」

「お母さんは、いま東京に住んでいるんですか」

「はい。江戸川区に住んでいます」

「東京へは、何歳ぐらいのときに出てこられたんですか」

「二十一のときだそうです。浅草の菓子屋の人が飯田生まれで、その人の縁故《つて》で、その人の店へ勤めることになったそうです。父は北信の信濃《しなの》町の出身ですが、母がときどき使う言葉とはちがいます」

中沢が、犯人は野仏庵へ現金を三千万円持ってこいといったことと、若い警官が、犯人は長野県の伊那地方の出身ではないかといったことを、署に伝えた。本署は京都下鴨署と連絡を取り合っているだろう。

岩倉は、山手産業の主要取引銀行の支店長へ電話して、娘が得体の知れない男に誘拐され、身代金を要求されていることを話した。支店長は犯人はいくら要求しているのかをきいた。

「三千万円です。京都へ持ってくるようにと要求されました」

「三千万。……お嬢さんの声をきいていますか」

「いや」

「お金はいつでも用意できますが、お嬢さんのご無事を確認してからにしてください」

支店長はこの手の犯罪についての教育を受けているようだった。

電話をいったん切ったが、四、五分後に支店長が電話をよこし、銀行からも人を出す、といった。行員と警備員のことだろう。

小仏は事務所に電話した。エミコが応えた。イソはいるかときくと、床に横になっているという。イソはときどき床に寝転んで、天井をにらんでいたり、手足を伸ばしたりしている。まるでアサオの真似《まね》をしているようだ。

「叩《たた》き起こせ」

エミコにいった。

イソが電話に応じた。

「なんか用」

「用事に決まってるじゃないか。……渋谷区上原の土地についての風評はきけたのか」

「ききました。事件があった家が建ってた土地だったんです」

「事件とは、どんな」

「九年前まで、歌手の二宮旬が住んでいましたが火事になり、彼は病気を治すために、静岡県の伊東《いとう》へいって静養していた。上原の家を売って転居したんです。その家を買って住んだのは、岡安《おかやす》という姓の人でした。五十代の夫婦と夫の母親の三人暮らしで、夫の岡安政光《まさみつ》という人は鋼板販売会社を経営していた。ところが、真夏の早朝に、一家の三人が何者かに刃物で刺されて殺され、放火された」

「その事件なら憶えてる。おれが捜査一課にいたころだ。何年か後に、犯人は挙がった。犯行動機はたしか、恨みだった」

「犯人は三十代の男で、住所は岡安家の近所。デパートでの万引きを、岡安のおばあさんに見つかった。放っておけばいいのにお節介なおばあさんは、男のところへいって、『盗んだ物を返したほうがいい』というようなことを、何度も、何度もいっていた。当然だが男は引け目を感じていたし、おばあさんに対して恨みを抱くようになった。それで早朝、三人の朝食時を狙って、犯行に及んだ」

そういう事件のあった家が建っていた土地なので、縁起が悪いということらしく、買い手がつかなかったという。

「そのレポートを早くまとめろ」

「さっき書き上げたの。ちょっと疲れたんで横になってたんです」

「床に寝ころんでいるらしいが」

「そのほうが疲れがとれるから」

「疲れるほど仕事はしていないじゃないか。そこは事務所だぞ。場所をわきまえろ」

イソは小仏のいったことをきいていないように、若い女性を誘拐した犯人からは、電話があったのかときいた。

「犯人は京都にいるらしい。京都まで三千万円持ってこいと要求してきた」

「三千万円。身代金要求事件の相場からしたら、高いのか、安いのか」

「京都の詩仙堂や野仏庵を知ってるか」

「知らない。きいたこともありません」

「不勉強だな。左京区の一乗寺っていうところだ。誘拐犯はその辺りにいるような気がする」

小仏はいったん事務所へもどることにした。着替えをして、警察と銀行の車の後を追うつもりだ。


事務所へもどった。イソは自分の席でペンを動かしていた。彼の頭を見て小仏は棒立ちになった。イソは髪を薄茶色に染めていたのだ。

「その頭はなんだ。そういう色の髪が好きなら、似合うところへ転職しろ」

小仏は孫の手を振り上げた。

「ここから出ていけ。ここで働いていたかったら、元の色に染めかえてこい」

イソは口を尖《とが》らせたが、背中を丸くして逃げるように事務所を出ていった。

みどりの黒髪のエミコが、笑った。

小仏は、自宅にいる岩倉のケータイに電話した。三千万円用意しろといった朝の電話の後は、犯人からの連絡はないという。犯人は要求した三千万円をどんな手段で受け取るかを考えているだろう。人質の麻琴を手放した瞬間に警察に捕まってしまうかもしれない、と頭をひねっているような気がする。

事務所の外で口笛が鳴った。入口の近くでイソが足踏みしているのだろう。

小仏がドアを開けた。

「今日は」

といったイソの髪は黒だった。彼は、よけいな金を使ってしまったといって、頭から事務所へ入ってきた。

第二章　第二の事件

1

　小仏とイソが乗った車は、警視庁と銀行の車の後を追って、坂道の途中にある京都・左京区一乗寺の詩仙堂丈山寺《じょうざんじ》の見える一角に着くと、京都下鴨署員と合流した。

　詩仙堂へは参拝者らしい女性の三人が入っていった。二、三分経つと中年の夫婦らしいカップルが出てきた。凹凸窠《おうとつか》といわれる高低差のある土地に建てられた山荘で、その地形を活《い》かした庭園を見にくる人が少なくないといわれている。

　下鴨署は、詩仙堂と、その向かいの京都民芸館、隣の門を固く閉ざしている野仏庵を中心にした辺り一帯に不審者がいないかを嗅《か》ぎまわったが、怪しい者を見つけることはできなかった。

　犯人は麻琴の手を固くつかんでいることだろう。

「犯人はこの近くにいるとはかぎらない。身代金を持ってきた人には警察が張り付いているにちがいないとみて、通行人を装って、様子を見にくるんじゃないでしょうか」

　下鴨署の指揮官の警部が周囲に目を配りながらいった。

中沢警部補が、坂元有吾という会社員の所有のスマホへ電話した。被害者側からその番号へ掛けたのは初めてだった。NTTに協力を求めて、そのスマートフォンの位置を確かめていた。するとと京都市内であることだけが分かった。詩仙堂の付近かどうかまでは分かっていないし、犯人は移動していることも考えられた。

小仏と銀行員は、中沢が乗っているワゴン車へ移った。犯人へ電話した。呼び出し音が六回鳴ったところで、「だれだ」と男の声が応えた。何度か岩倉家へ電話をよこして脅迫した男の声だった。

「そっちの要求どおり、詩仙堂と野仏庵の近くへ着いている」

「さすがは警察だな。おれの電話番号を……。おれは、詩仙堂や野仏庵を知ってるかってきいただけで、そこへこいとはいっとらん」

「では、どこへいけばいいんだ」

「十分後に教える。そっちの番号をいってくれ」

男の声にはいくぶん濁りがあるが、言葉ははっきりしている。

中沢は番号を教えた。五分後に犯人は掛けてよこした。

「鳥辺野《とりべの》を知っとるか」

「私は京都生まれでないし、京都の地理には通じていない」

「音羽《おとわ》の滝は……」

「きいたことはある。たしか清水寺《きよみずでら》の近くでは」

「そう。音羽の滝を水源とする音羽川渓谷は、春も秋も静かで美しい。だがそこは一種の地獄谷。かつては京洛の庶民の死体捨て場だった」

「そこがどうしたんだ」

「鳥辺野と呼ばれているところに清水谷墓地がある。広い墓地だ。……現金を用意してきたんだろうな」

「持ってきた。そっちのいうことをきいているのだから、麻琴さんを解放しろ」

「広い墓地の中央部に、一ツ橋《ひとつばし》家の墓がある。黒御影《みかげ》の大きい墓石が立っている。その前へ、約束のモノを置け。本物かどうかを確かめたら、女を渡す」

電話は切れた。

中沢は、忌々《いまいま》しい、を口にした。


詩仙堂付近から清水寺の南までは、約三キロだ。二台の警察車両と小仏の車は、南を向いた。路地のような緩い坂を下った。

清水谷墓地に着いた。広い墓地は緑の樹木に囲まれていた。何か所かから白い煙が昇っていた。花を手にして墓地の奥へ入っていく人もいた。烏が墓石の上を渡ったり舞い上がっている。

中沢たち警官は、右に左に首をまわしながら、一ツ橋家の墓をさがした。誘拐犯のいったとおり、墓地の中央部に大きい黒御影を柵で囲んだ墓を見つけた。墓石の前の花は萎《しお》れて首を垂れていた。その墓石の前へ現金を詰めた布袋をそっと置いた。その墓から四、五メートルはなれたところへ中沢と五人の警官が散らばって姿勢を低くした。犯人が麻琴を連れてきたら彼女を保護し、犯人を捕まえる態勢をとった。

五分経ち、十分経ち、十五分すぎたが、麻琴はあらわれないし、犯人の男の姿も見えない。

中沢が犯人の男が所持しているスマホに掛けた。が、応答がない。

二十分ほど経過した。と、白い半袖シャツを着た少女のような顔の瘦《や》せた女性が、どこかの家の墓をさがしているような素振りで歩いてきて、一ツ橋家の墓に近づくと立ちどまった。墓石の陰に隠れていた五人の警官は、その女性に飛びかかるようにして腕をつかんだ。女性は目を丸くして怯《おび》え顔をした。まるで寒さにからだを震わせているようだった。

「岩倉麻琴さんか」

中沢がきいた。女性は首を横に強く振った。

氏名をきくと、

「市川《いちかわ》きく絵《え》です」

と答えた。五人の警官は顔を見合わせた。彼女はどう見ても十代だ。麻琴は二十五歳である。体格もちがう。

「なにをさがしているんだ」

中沢が女性の手をつかんできいた。

「一ツ橋というお墓を……」

中沢は、はっと気付いて、市川きく絵と名乗った女性の手をはなして、一ツ橋家の墓の正面へ走った。黒い墓石の前に置かれていたはずの布袋が消えていた。

彼は頭を抱えた。誘拐犯の男に騙《だま》されたのを悟った。唸《うな》り声を上げて地面を蹴った。

警官たちは周囲をさがしまわったが、現金を詰めた布袋は見つからなかった。

　警官たちと一緒に小仏たちも墓石が林立している墓地のなかを縫うように見てまわった。怪しい人物も、三千万円入りの袋も見つからなかった。誘拐犯は、警官が現金を入れた袋を一ッ橋家の墓の前へ置いたのを見て、その後ろにでも隠れたにちがいない。墓石の前へ現金入りの袋が置かれると、すぐにそれを抱えて、墓地を抜け出したのではないか。

　中沢は、警官に囲まれている瘦せた市川きく絵の前へもどった。

「あんたは、一ツ橋家の墓をさがしていたようだったが、だれかに指示されたのか」

「山寺《やまでら》という人にいわれました」

「山寺は、男だね」

「はい」

「山寺はなにをしている男だった」

「なにもしていないようです」

「あんたは、山寺とどこで知り合ったの」

「彦根《ひこね》です」

「彦根というと滋賀県の」

「そうです。山寺という人と知り合ったのではありません。塾の帰りに腕をつかまれて、車に乗せられて、知らないところへ連れていかれました」

「その車には、だれかが乗っていたか」

「女の人が一人、運転席に乗っていました」

「女性は若い人」

「若い人です。髪は茶色で、水色のネイルアートをして、指輪ははめていませんでした」

「あんたが山寺という男に連れ去られたのはいつ」

「五月二十日の夜です」

市川きく絵と名乗った女性の歳《とし》をきいた。十八歳で大学受験を控えているという。

中沢は、市川きく絵を車に乗せると電話を掛けた。三、四分間会話して切った。三、四分経つと電話が掛かってきた。滋賀県警本部と彦根署が連絡を取り合ったのだった。

「彦根市内の市川という家の長女のきく絵が、五月二十日午後九時ごろから行方不明になって、家族から警察に捜索願が出されていた。きく絵の身長は一五七センチ程度で瘦せぎす。頰と顎にほくろがある。髪は長めで赤いピンを挿している」

と、彦根署の係官がいった。

中沢は、ただ今、重大事件の捜査のため京都にいるのだが、偶然の出来事があって、その現場へ市川きく絵があらわれたため、保護している、と話した。

「私たちが現在いるところは清水寺の近くの広い墓地です。ここの所轄は東山《ひがしやま》署ですので、そこへ移ります」

と中沢はいって電話を切った。

東山署へ電話で事情を話すと、パトカーで墓地周辺を捜索するという回答があった。

「ちくしょう。やられたな」

中沢は拳《こぶし》を固くにぎった。山寺というのはどんな男かと、車のなかで、きく絵にきいた。

「蒼白い顔をしていて、しょっちゅう鼻歌をうたっています。夜はお酒を飲んで、ああとか、ううとかって唸っています。なにかをぶつけられそうな気がしたので、わたしは部屋の隅で、頭を抱えていました」

「そこはどんな部屋でしたか」

「部屋が三つあって、広いキッチンに大きいテーブルがありました。平屋の家で、家はわりに大きい木と塀で囲まれていて、しょっちゅう野鳥の声がしていました」

「そこは、京都市内のようでしたか」

「どこなのか、分かりません。塾の帰りに車に押し込まれたあと、二時間か三時間ぐらい走りました。女の人が運転して走っているあいだ、男の人に『なんにもしないから、逃げようなんて思うなよ』っていわれました」

「大きい木に囲まれた一軒家へ連れていかれたんだね」

「そうです。あ、思い出しました。夕方になると鐘の音がきこえました」

近くの寺で撞《つ》く鐘だろう。

「食事は、三度三度……」

「二度でした」

「二度……」

「男の人も女の人も、毎日、午前十時すぎまで寝ていました。ですので朝ご飯はなくて、十一時半ごろに女の人が、食事をつくりました。……女の人は、みどりって呼ばれていて、とても料理が上手でした」

「女性のフルネームは分かりましたか」

「みどりという名しか……」

きく絵は首をかしげた。

山寺という男は、きく絵を車に押し込むと、すぐにスマホを取り上げたという。彼女は中沢に、

「電話を貸してください」

といった。自宅の固定電話へ掛けるという。相手はすぐに応答した。相手は悲鳴のような声を出したようだ。きく絵も泣き出した。言葉になっていないようなことをいった。中沢が電話を代わった。相手は母親だった。京都東山署へ向かっていることを伝えた。母親は泣きながら、頭を下げているようだった。

2

東山署に着くと、あらためて市川きく絵に、彼女を誘拐した男と女の特徴をきいた。

山寺という男の年齢をきくと、彼女は首を傾けたが、自分の父親の歳と比較してか、五十歳ぐらいだと思うと答えた。

「身長は一七〇センチ近いような気がします。瘦せています。面長のほうで、鼻は高いほうです。それから髪は肩にかかるくらい長くて、口は黒い髭《ひげ》に囲まれていました。嗄《しゃが》れているような声で、しょっちゅう歌をうたっていましたけど、ときどき、苦しそうな咳をしました。蒼白い顔をしているので、どこかが悪いのではと思

いました」

「どんな歌をうたっていたの」

中沢がきいた。

「歌の題名は分かりませんけど、きいたことのある演歌でした。同じ歌を繰り返しうたっていることもありました。うたっているうちに咳《せ》き込んで、苦しそうに胸を撫でていることもありました。……同じ歌を繰り返しうたうので、歌詞を覚えました」

中沢は、彼女が覚えた歌詞をきいた。

「哀《かな》しみの、暗い長いトンネルを抜けたのに……」

「山寺は、薬を服《の》んでいなかったの」

「瓶に入っている白と黄色の錠剤を毎日服んでいました」

「医者にかかっていなかったのかな」

「分かりません」

中沢は、メモを取りながら女性の特徴をきいた。

「若い人」

「二十代後半か、三十歳ぐらいだと思います。身長は一六〇センチぐらいで、太ってもいないし、痩せてもいません。お化粧はほとんどしていないようですけど、手の指は細くてきれいで、ネイルアートをしていました」

「髪を染めていたんだね」

「茶髪です。男性の山寺はときどき、大きい声で女性を、みどりと呼ぶので、名前を覚えました。女性はわたしをにらみつけることがあって、それは怖い顔でした。それから、女性はわたしに新しい下着をくれましたので、毎日手で洗いました」

「洗濯機はなかったの」

「なかったのだと思います。みどりさんも流しに水をためて洗っていましたので」

「家具は」

「箪笥《たんす》なんかはありません。段ボールの箱がいくつもあって、着る物をそのなかから出していました」

「洗濯物は外へ干したの」

「いいえ。廊下の上に綱を張って、それに干していました」

その家の門口に表札が出ていたかを中沢はきいたが、きく絵は見た憶えがないと答えた。

中沢は、ときどききく絵の表情をうかがいながら、メモを取り、ペンを振ったりした。

「みどりと呼ばれていた女は、料理が上手だといったが、どんな物をつくったの」

「お昼は、カレーだったり、焼きそばだったりでしたけど、お夕飯は肉か魚と野菜の鍋や、オムレツでした」

「調理器具は充実していたんだね」

「そのようでした」

中沢は、きく絵に、調理を手伝わなかったのかときいた。

「わたしがお台所へいくと、『あっちにいなさい』って、怖い顔をするので、わたしは隣の部屋にいました」

「山寺とみどりは、あんたをどうするつもりだったのか、見当がついていたか」

「わたしは、教科書や参考書を読んでるふりをして、逃げ出すことばかり考えていました。けれど、二人は、それに気付いているようで、『もう少しだ。我慢していろ』ということがありました」

「もう少しとは、どういう意味だったんだろう」

「わたしの両親に、お金を要求していたのでは……」

「あんたは資産のある家の娘さんなのか」

「父は、金属加工の会社を経営しています。資産があるのかどうかは、知りません」

父親は市川孝三郎《こうざぶろう》という名で、従業員約三十人の室町《むろまち》金属という会社を経営している。きく絵の母は孝三郎の後妻。先妻は息子を一人遺《のこ》して病死した。その二年後に、きく絵の母・真知《まち》と結婚した。

「塾帰りのあんたを攫った山寺という男とみどりという女は、あんたのお父さんが、会社を経営していることを知っていたんだろうね。少女を誘拐して、金を奪うことを計画して、ターゲットをさがしていたにちがいない。山寺は、あんたのお父さんにいくら要求したのか」

きく絵は、分からないといった。山寺はきく絵の父か母に電話で、「娘をあずかっている。いくらいくら出せば、娘を無事返す」とでもいって脅したのだろうか。

東山署へ、市川孝三郎と真知が到着した。真知は、きく絵を抱きしめて、しばらくなにもいわなかったという。

　親子三人は相談室へ案内された。

「本当の名かどうかは分かりませんが、きく絵さんを攫って監禁していたのは、山寺という男とみどりという名の女です」

　中沢から話を受け継いだ刑事課長がいった。

　孝三郎と真知は首をかしげた。課長は、「知っている男女ですか」ときいた。夫婦は首を横に振った。

「身代金を要求したでしょうが、その金額は」

「いいえ。金の要求はありません」

　孝三郎と真知は、同時にいった。

「金を要求しなかった。なんのために誘拐したのか」

　刑事課長はそういうと、相談室に集めている全員を見まわした。小仏とイソも、部屋の隅で顔を見合わせた。

　山寺という男は、岩倉良平から三千万円を奪い取るために、きく絵を囮《おとり》に使ったのだろうか。身代金を奪うための方法をあれこれ考えた。十日以上も考え、広い墓地の地形を利用することにした。それには囮の女性が必要だったということなのか。

「正直に話してください。山寺という男か、みどりという女に恨まれていたということは」

　孝三郎は右に左に首をかしげていたが、思いあたることはない、と答えた。

　刑事課長は、あらためてきく絵に向かった。睫毛《まつげ》に涙の粒が光っている彼女の顔をにらむようにみてから、山寺とみどりの起床してから寝るまでを細かくきいた。

——山寺とみどりは、きく絵をまじえて、朝食とも昼食ともつかない食事を摂った。その片付けをすませると、みどりのほうは車を運転して出掛けた。どこへなにしに出掛けるのか、きく絵にはまったく分からない。たとえ行き先をいわれても、京都の地理を知らない彼女は、ぼんやりとみどりの背中を見送っているだけだったろう。

外出したみどりは、三、四時間でもどってきた。たいてい、布袋をふくらませて帰ってきた。帰ってきた彼女は山寺に、『よく食べる』とか、『大丈夫』『顔つやはいい』などと報告するようなことをいっていた。

その短い言葉をきいたきく絵は、みどりはだれかに会いにいっているらしいと判断した。だれかに食事を与えて、身のまわりの世話をしてくるのではないかと想像した。それとみどりの世話を受けている人の住所はそう遠くではなさそうとも思われた。みどりは、訪ねた人が着ていたらしい物を持ち帰り、それを洗って干していた。それが乾くと、畳の上でたたんで布袋に入れていた——。

きく絵の話をきいていた刑事課長は、首をかしげたり、部下の顔を見たりしていたが、あらためてきく絵に、

「あなたが匿《かくま》われていた家の塀の外に、なにが見えたかを思い出してください」

きく絵はうなずくと目を瞑った。二分ばかり口も固く閉じていた。目を開くとまばたきして

切り出した。

「四方を緑の木と塀に囲まれた家でしたけど、陽が昇ってくるほうの垣根の外には、梅の木がありました」

「梅の木って、よく分かったね」

「実がいくつかついていましたので。それから北側には茅葺《かやぶき》屋根が見えました」

彼女を囲んでいる警官たちはメモを取った。

「茅葺屋根は大きかったの」

「いいえ。小屋のような格好でしたし、屋根には草が生えていました」

彼女は手足を縛られていたわけではないので、庭で木箱を見つけ、それを踏み台にして垣根の外を背伸びで眺めたという。

「西側は、道路をへだてて大きな建物でした。普通の民家でなく、旅館かホテルではなかったかと思います。……それから南側に竹の垣根がめぐっていて、そのなかの草と岩のあいだにはお地蔵さんがいくつも立っていましたし、太い木が何本もありました」

東山署員は、彼女の記憶をきくと地図を開いた。北側には道路をへだてて茅葺屋根の小屋のような建物。南側は竹垣に囲まれた仏像群。

「仏像のあいだには石碑は立っていなかったか」

刑事課長がきいた。なにが彫ってあったかを知りたかったのだ。

「お地蔵さんの前には石碑がありましたけど、はなれているので文字は読めませんでした」

「あなたは、お地蔵さんを見たのは、初めてではないだろうね」

「何回かは見ています」

「どこで見たのかを憶えていますか」

「京都では六波羅蜜寺《ろくはらみつじ》へ、二回か三回いっています」

「六波羅蜜寺にあるのは、小さな石像だ。それに赤い前掛けをさせて、何段かに重ねている。それと同じでしたか」

「いいえ。草が生えた丘のようなところに、お坊さんが、なにかを手に持って、みんな立っているように見えました。子どもの仏さんではないようでした」

刑事課長はメモを取ったものを持って、どこかへ電話を掛けた。きく絵の答えたことを説明した。「竹垣、道の角、石仏は等身大」だと付け加えた。
十四、五分すると回答の電話があった。きく絵が応えた石仏群ではと思われる場所があるとの答えだった。
そこは嵯峨《さが》嵐山《あらしやま》の嵐山羅漢《らかん》らしいという。天龍寺《てんりゅうじ》の近くだ。

「羅漢って、なんのこと」

イソが小仏に低声できいた。

「わずらわしいこと。つまり煩悩だ。それをすべて払い落として、人びとの供養を受ける資格のある聖者のことだ」

「へえ。そんなことをよく知ってるね」

「たいていの人は知ってる」

きく絵の両親に断わって、彼女に嵐山羅漢へ同行してもらうことにした。両親も一緒だ。嵯峨署と連絡を取り合って、車の列は西へ向かった。桂川《かつら》を遡《さかのぼ》って嵐山公園の渡月橋《とげつきょう》を渡った。橋の袂《たもと》には人力車が客を待っていた。長い橋の両側には観光客らしい男女が何人も流れの音をきくように川を見下ろしている。左岸沿いのみやげ物店には客が大勢入っているようだ。

橋を渡ったところで嵯峨署員と合流した。

渡月橋から川岸の道路を三〇〇メートルほど遡って、右折した。高級感のあるホテルを右に見て一〇〇メートルほど進んだところで、車列は停車した。目の前に茅葺屋根の古民家といった造りの家が一軒だけ建っていた。きく絵がいったとおり、屋根には緑の小草が生えていた。

「ここです。まちがいありません」

きく絵は懐かしい風景を見たようないいかたをした。

嵐山羅漢は竹垣に囲まれていた。松の古木の下には衣をまとった石仏がすわったり立ったりしている。その数は百体を超えていそうだ。各所の寺が奉納した仏の群れである。警官たちは群像に向かって手を合わせてから、きく絵をはさんで竹垣に沿って一周した。

「ここです。この家です」

きく絵は、サクラの木の下で仏像群に隣接した一軒家を指さした。それは板葺屋根の平屋だった。木戸を押し開けるときしみ音がした。玄関の引き戸には無人であるのを示しているように古びた南京錠が吊《つ》り下がっていた。屋内を検《しら》べるにはその錠を壊さなくてはならない。屋内に入るには手間がかかる。それは、ここに住んでいた者の陰気な策略のような気がする。

鉄の錠が吊り下がっているということは、無人の証明だ。警官はぶつぶつ文句をいいながら、鍵のかかった木製の引き戸をレールからはずした。レールの上には砂と埃《ほこり》が積もっていた。

部屋は三つあって、台所は広い。当然だがだれもいなかった。部屋に家具はなく、殺風景である。畳は陽焼けしたような色をしている。

「山寺とみどりが外出すると、あんたはなにをしていたの」

嵯峨署員がきく絵にきいた。

「テレビはなかったので、ときどき木箱の上にのぼって、塀の外を見ていました。歩いている人たちは幸せそうでした。道を歩いていたカップルを、大きい声で呼んだことがありました。

助けてって、いうつもりでした。カップルはわたしを見ましたけど、手をつないで逃げていきました。わたしは、世間から棄《す》てられた気がしました。……山寺という人は、わたしに、もしも逃げたら、家族はひどい目に遭うぞと脅かしました。わたしは背筋に寒さを覚え、小さい声で父と母と弟の名を呼んでいました」

「退屈だったろうね」

「山寺という人は、わたしに本を三冊貸してくれましたので、それを読んでいました」

「その本のタイトルは」

「『昔のことは忘れよう』『聴けば聴くほど』。それから『あのときは、雨だった』です」

「小説なの」

「そうです」

込んでいた、という。

「作者は」

「六甲仁《ろっこうひとし》という人です」

「三冊とも……」

「はい。同じ人の作品でした。三冊ともタイトルはきれいな紫色でした」

彼女のいったことを捜査員たちはメモしたが、作者の六甲仁の作品を読んだことがあるといった者はいなかった。

市川きく絵が閉じ込められていた一軒家の持ち主が分かった。嵐山羅漢から三〇〇メートルほど東の構えの大きい豆腐料理の店だった。

その一軒家には、高齢になった店主の両親が三年ばかり住んでいた。両親は他界して、空き家になっていた。半年ほど前、山寺という男性が、家を借りにきて、毎月、家賃を銀行に振り込んでいた、という。

3

山寺という男は、身代金を奪う目的で、友人の結婚式に出席するために、名古屋市内のホテルに一泊した岩倉麻琴を誘拐した。人質と身代金を交換する場所を京都・東山の墓地にした。その取引きには囮を使うことを計画して、彦根市内で市川きく絵を攫って、人質と身代金交換に備えていた。

身代金交換は麻琴を取り返すためのものだった。それなのに交換場所へあらわれたのは、少女のきく絵だった。岩倉家は、娘を奪い返すことができなかったのである。身代金の三千万円をタダ取りされてしまったのだ。

　きく絵は、無事自宅にもどることができたが、麻琴は行方不明のままである。彼女の所在が不明ということは、山寺とみどりがどこかに監禁しているからだろう。

　警視庁と京都東山署と、京都嵯峨署は、嵐山羅漢隣接の一軒家を現場検証した。その作業を横目にしていた小仏は、あることに気が付いた。幽閉されていたきく絵は、山寺から小説本を三冊与えられていたという。その三冊の装丁は似ていたようだ。

　小仏は、東京の出版社に勤めている友人の菊《きく》村《むら》に電話をした。六甲仁という人が書いた三作の題名をいって、その本がどこから出版されたのかを知りたい、といった。菊村は、お易《やす》いご用だといって引き受けてくれた。

　警察の鑑識班は、きく絵が幽閉されていた一軒家を撮影したり、指紋を採取し毛髪を拾って、嵯峨署にもどった。と、そこへ菊村から小仏に返事の電話があった。

「昔のことは忘れよう」「聴けば聴くほど」「あのときは、雨だった」の三点は、二年前に東京・神田の南星堂《なんせいどう》という出版社が出したものだと分かった。

　小仏は、南星堂へ電話した。六甲仁という人の作品を担当した編集者と話したいというと、「立川《たちかわ》でございます」と、可愛らしい声の女性に代わった。立川という女性編集者は六甲仁の書き下ろし三作品を担当したといった。

　小仏は、現在京都にいるのだが、京都で発生したある事件を追跡中に六甲仁の三作品を事件関係者からきいた、といった。

「事件とは……」

立川は密やかな声になった。

「女性誘拐事件です。詳しいことは、そちらさまへおうかがいしてお話しします」

といって電話を切った。


嵯峨署は、市川きく絵から山寺とみどりの人相、体格を詳しくきいて、女性警官に似顔絵を描かせた。女性警官は画用紙に男と女の顔を何点も描いた。一点描き上げるたびにきく絵に、「似ているか」ときいた。

「女性の絵は、似ています」

男性の絵のほうはイマいちのようだ。


女性ははっきりした二重瞼《まぶた》で目が大きいし、眉が濃い。鼻は高く、唇はいくぶん薄いが、くっきりしていてかたちがいい。いわゆる器量よしである。髪は肩にかかる長さで、流しで洗濯したり、炊事のときには後ろで結わえていたという。指輪ははめていないし、イヤリングもしていない、ときく絵はいった。身長は一六〇センチぐらいで、痩せぎす。

「男の人は、いつも鼻歌をうたっていましたけど、女性は怒っているような顔をして、歌はうたいませんでした。そのかわり、料理をつくっているとき、アチッていったり、イタイっていっていました。わたしにいう言葉は乱暴でした。洗濯物を干しているとき、叩いて皺を伸ばせっていって、お尻を叩かれました。あ、それから、夜、お風呂から上がると、女性はグラスにお酒を注いで飲んでいました」

「どんな酒を飲んでいた」

　係官がきいた。

「赤いラベルの瓶に入った、紅茶のような色のお酒でした」

　ウイスキーらしい。

「男は……」

「缶のビールを飲んでいるのを一度見ましたけど、女性が飲んでいたお酒は飲みませんでした」

　一軒家にはテレビがなかったが、黒い色のラジオがあって、二人はニュースを聴いていたという。

　山寺とみどりは、昼すぎになると車で出掛けた。出がけにみどりがきく絵に、「逃げたら叩き殺すからね」といって、ひとにらみした。にらまれたときには、ほんとうに殺されそうな気がして、身震いした、ときく絵は胸に手をあてた。

　二人の外出先は遠方ではないだろうと小仏はみている。たぶん、名古屋市内で攫った岩倉麻琴を閉じ込めている場所へいったのではないか。人を囲っている以上、毎日食事を与えなくてはならない。山寺とみどりにとって人質は貴重だ。健康を維持させておかねばならなかった。そのためには食事を与え、清潔な服装をさせておく必要もあった。

　係官はきく絵に、出ていく二人の車を見ていたことがあったかをきいた。すると彼女は、二人が乗った車が出ていくたびに、木箱にのって見ていたと答えた。山寺とみどりの乗った車は、北を向いて直線道路を二〇〇メートルほど進んで左折していた、と記憶を答えた。

　彼女のこの記憶は肝心だった。警官はいくつかの班に岐《わか》れて、山寺とみどりの乗った車が走っていったと思われる道路を入念に調べた。山寺とみどりは、まちがいなく岩倉麻琴を閉じ込めている先へいったとにらんだからだ。

　翌日からのその捜索には小仏とイソも加わった。そもそも小仏は、警視庁捜査一課長の依頼を受けて動き出したのだったが、このような大事件に発展しようとは予想だにしていなかった。

　小仏とイソは、警察の捜査班の前方を、首を左右に振りながら歩いていた。

「なにか食いたくなったな」

　イソは、民家の窓から洩《も》れている白い湯気を見ていった。小仏の腹の虫も、正午になると、なにか食わせろ、とざわついていたが、ガムを嚙んでこらえた。

　二尊院《にそんいん》に行きあたった。「紅葉の馬場」と呼ばれている直線の参道が約一〇〇メートル石段まで延びている。モミジとサクラの並木道だ。秋は紅葉のトンネルをくぐりに訪れる人が多いらしい。小仏はこの小倉山《おぐらやま》のふもとの名刹《めいさつ》を二度訪ねているが、重厚な造りの総門が好きである。本尊は釈迦如来《しゃかにょらい》と阿弥陀《あみだ》如来。二如来像を祀《まつ》ることから寺名が生まれている。この寺の墓所には、名優阪東妻三郎《ばんどうつまさぶろう》の田村家の墓や鷹司《たかつかさ》家、三条家《さんじょう》の墓がある。

　左に小倉山を見て、祇王寺《ぎおうじ》を越え、化野念仏《あだしのねんぶつ》寺《じ》への石段を登った。化野は仇野とも阿太志野とも書くらしい。洛東の鳥辺野に対して、洛西には西院《さい》の河原があって、鳥辺野と同様の死体の捨て場があった。約千二百年前、弘法《こうぼう》大師が、五智山如来寺《ごちざんにょらいじ》を開創され、捨てられて野ざらしとなっていた遺骸《いがい》を埋葬したという伝えもある。何百年という歳月、化野に散乱していた石仏を、明治中期に、地元の人々の協力を得て拾い集め、配列安祀《あんし》したのがこの寺だ。故人の名の一文字を刻んだ石も年数を経て、かたちも文字も消えてしまったが、仏として祀り、いまは八千体ともいわれる石仏や石塔が肩を寄せ合っている。墓所中央の奥には茅葺屋根の小さなお堂が石仏群を向いている。この世の光はもとより、母親の顔すら見ることなく、露と消えた「水子」の霊を供養する地蔵尊だ。

　三年ほど前だが小仏は、京都に住んでいる女性をまじえた五人でこの寺を訪ねた。寺の近くの道を歩いてみたいという人がいたからだ。そこには古風な造りの喫茶店やみやげ物店が並んでいる。寺へ入って、石仏の数に圧倒されながら墓所のあいだを歩いたが、京都の人だけが、六面六体地蔵の横に、凍ってしまったように蒼い顔をして立ちつくした。どうしたのかをきいても、ものをいわなかった。一行のなかの一人が、「霊《れい》に打たれたのだ」といった。

　寺の裏側は竹林である。緑の竹は真っ直ぐに立ち、薄陽《うすび》を小径《こみち》にこぼしていた。小仏は、薄陽の先をたどるように目をこらした。竹林の向こうに小さな建物を見たからだ。垣根をまたぐわけにはいかないので、いったん寺の外へ出て、竹林のなかの小径を一周した。

板葺屋根の一軒家が竹の林に隠れるように建っていた。どういう人の住居なのかと思いながら近寄った。

チョロチョロと水の流れる溝《どぶ》があって、それをまたぐと板戸の閉まった玄関で、塀のない平屋の一軒家だ。すべての戸を閉めきっていて押し黙っている格好である。

玄関に表札は出ていない。だれかの住まいなのか、それとも貴重品でもしまっているところなのか。

「ご免ください」

人が住んでいるようではなかったが、小仏は板戸を二つノックした。もとより返事はなかった。が、引き下がろうとしたとき、屋内でしたらしい小さな物音をきいて足をとめ、玄関の板戸をにらんだ。

もう一度ノックした。確実に屋内からの小さな物音をきいた。物音はしたが、声はしないし戸を開ける気配はなかった。

小仏は警官を呼んだ。

駆けつけた警官は大声で、

「警察だが、戸を開けてください」

と呼び掛けた。

屋内で、カチッという金属製の音がして、引き戸がゆっくり開いた。灯《あか》りを点《つ》けたのは白髪頭の少し腰を曲げた女性だった。陽にあたったことがないような蒼白い顔で七十代見当だ。目尻の下がったやさしげな顔立ちをしている。

警官と一緒に小仏も敷居をまたいだ。

「ここに住んでいるのは、あなただけですか」

警官がきいた。

「わたしだけです。若い人が、二日ばかりお手伝いにきてくれていましたけど、どうしたのか、きのうも、きょうも見えません」

「お手伝いは、若い人ですか」

「若い、きれいな……」

「名前は」

「まことさんとか」

「まこと……。岩倉麻琴さんのことでは」

「そうだと思います。しゅんに頼まれたといっていました。きょうはみどりもこんし、二人、いえ、三人ともどうしたのか」

「しゅんとは、どういう続柄の人ですか」

「わたしの息子です」

「どういう字ですか」

「忘れました」

警官は、「あなたのお名前は」ときいた。

「わたしは、二宮貞子《にのみやさだこ》です」

警官は彼女の答えたことをメモした。

小仏もノートに書いて、「二宮」という姓をじっと見つめた。

「二宮さんは、いつからここに住んでいらっしゃるんですか」

警官がきいた。

「病院を退院してからです」

「それはいつでしたか」

「三月です」

「どこの病院に入院していたんですか」

「初めは甲府です。それから東京の病院にもひと月ぐらい入っていて、そのあとここへ移りました。……わたしが京都へいきたいって、何度もいったので、ここへ」

「京都にきてから、見物したところがありますか」

「あります。わたしは、お寺参りが好きなもんで」

「お寺参り。……どこを見ましたか」

「ええと、建仁寺《けんにんじ》。それから銀閣寺《ぎんかくじ》、仁和寺《にんなじ》。仁和寺を見ているうちに、目がまわってきて、倒れそうになったので、お寺参りをやめて、旅館で寝《やす》んでいました。見たいところは、たくさんありますけど、歩いているとき、目がまわるんで、あんまり外に出んようにしています。……半日、渡月橋と川を見ておったら、しゅんが、いい家を借りることができたといって、ここへ……」

そこまで話すと、彼女は泳ぐような格好をして、奥の間へ引っ込んでしまい、十分経っても二十分経っても出てこなかった。

小仏は足音をしのばせて、奥の部屋へ老女のようすを見にいった。老女は布団から頭だけ出して寝ていた。彼女からはまだききたいことがあったが、気分でも悪くなったらしい人を起こすわけにはいかなかった。

小仏は警官と一緒に外へ出た。訪れる人がありそうなので、張り込むことにした。

一時間経っても、二時間が過ぎてもだれもやってこなかった。

4

夕方になると空は曇った。風が出てきて竹林を騒がせた。

名古屋市内で岩倉麻琴を攫った山寺という男は、化野念仏寺裏の一軒家へ連れていった。そこにはからだの弱い老女がいた。老女は二宮しゅんという人物の母親らしかった。山寺は老女の世話を麻琴にさせていたのだろうか。

麻琴は逃げようと思えば逃げ出すことが可能だったのに、それをしなかったのは、山寺かみどりに、「逃げたら、家族を殺す」とでもいわれていたのだろう。そして、「おとなしく、いうとおりにしていれば、かならず帰宅させる」というようなこともいわれていたのだろう。麻琴は怯《おび》えながらも竹林に囲まれた一軒家で、老女に食事を与え、痛むところをさすってやっていたにちがいない。彼女はなんの目的で隠れ家のようなところに囲われ、老女の世話をさせられているのかが解《げ》せなかっただろう。両親が身代金を要求され、大金を奪われたことも知らないにちがいない。

竹林に囲まれた一軒家は、闇に呑《の》み込まれた。屋内には灯りが点いているのだろうが、外へはひとすじの光も洩れていない。

三人の警官を残して、小仏とイソは竹林を抜け出し、細い石段を下った。道路に並んでいる商店は店じまいをしていた。

「なにか食いたい。死にそうだ」

　イソは腹を撫でた。

「もうちょっと待て。宿を見つける」

　二尊院と常寂光寺《じょうじゃっこうじ》を越え、緩い坂道を桂川のほうへ下った。高い塀をめぐらせ、灯りを空に向かうように煌々《こうこう》と放っている一画があった。近づいてみると三階建てで和風の造作を取り入れているホテルだった。

「今夜は、ここへ泊まる」

「ここは、高級だよ。敷居が高そう」

「おまえは、ビジネスホテルにでも」

「そんな……」

　黒塗りの高級車が小仏たちを追い越して玄関前にとまった。ホテルからは従業員が転がるように出てきた。中年の夫婦らしい二人が車を降りた。ホテルのロビーは広く、大型のソファがフロントを向いていた。

　チェックインをすませると、女性スタッフが二階へ案内した。部屋は広い。二つのベッドも大きい。イソは気後れしてか、入口近くにつっ立っていた。

　小仏はスタッフに、「すぐに食事をしたい」と告げた。

　食堂は一階だった。テーブルは白いクロスをかぶっていた。三分の一ぐらいの席に客がいた。まずビールを頼んだ。「旬づくし会席　お献立」のメニューが配られた。

　先付は、河豚《ふぐ》の松前蒸し。前菜は、焼き河豚。そして、お造り、鰤《ぶり》照り焼き、ズワイガニなどが並んだ。二人は日本酒に切り替えてちびりちびり飲《や》りながら、料理をきれいに平らげた。

「どう。旨かったか」

イソにきいた。

「京懐石てえのを、食ったのは初めてだったと思う」

イソは、特に旨いとはいわなかった。空腹だったので、すべての料理を飲み込むように食ったのだ。

「岩倉麻琴は、ばあさんのところにいなかった」

大風呂の縁に腰掛けたイソがいった。小仏もそれを考えていた。麻琴は三千万円の身代金と交換されなかったのだから、山寺とみどりに連れまわされているのか。それとも山寺たちには、化野の竹林に囲まれた家とはべつの場所に拠点でもあるのか。

べつの場所にいる山寺たちは、二宮貞子からの電話で、警官たちがきたことをきいているだろう。警官たちが張り込んでいるのを知れば、二人はもうあそこへは近寄らないにちがいない。

「あした、もう一度、貞子というばあさんのいる家へいこう。もしかしたらあのばあさんもグルかも。京都でお寺参りをしているうちに目がまわったなんていってたが、根はしたたかなのかも」

小仏はタオルを頭にのせた。

「おれもそう思う。警官に踏み込まれたら、たいていの人は震え上がるだろうけど、あのばあさんは、顔色ひとつ変えなかった」

「三人がグルかも。おれは、あのばあさんの言葉をきいていて、山寺の言葉に似ていると思った。山寺と親族かどうかは分からないが、同じ土地の出身だ」

大風呂に痩せた高齢の人が入ってきた。ベッドに横になっていたが、眠れないので湯を浴びにきたのだろう。

深夜の十一時三十分。中空に円い月が浮かんでいた。

翌朝、竹林に囲まれている一軒家に近づくと、警官が駆け寄ってきた。きのうの警官とは交代したので、小仏たちの素性を知らなかったのだ。

「あの家へ、訪ねてきた人がいましたか」

小仏が、四十がらみの警官にきいた。

「いいえ、だれも」

玄関も雨戸も人の出入りを拒むように閉まっている。なんの物音もしないので無人の館のようだ。

小仏は、玄関の戸をノックして、「二宮さん」と二度呼んだ。引き戸に耳をつけていると小さな物音がした。カチッという音がしたので小仏が戸を開けた。

二宮貞子の服装はきのうと同じだった。

「まことさんは、きょうもこないのかしら」

岩倉麻琴のことである。貞子は、麻琴が誘拐されてきた人質だったのを知らないのだろうか。

「けさは、お食事をされましたか」

小仏がきいた。

「ええ、お粥《かゆ》に梅干とたくわんで」

「お粥を、自分でつくられたんですか」

「いいえ。袋に入っているのを、温めるだけです。このごろは便利なものが出来てて、助かります」

袋に入ったお粥は、みどりが買ってきたもので、いくつも置いてあるのだといった。

「それは、おいしいですか」

小仏は彼女に調子を合わせた。

「おいしくないのもあります」

貞子は、機嫌を損ねたような答えかたをした。

「あなたは、電話を待っているでしょうね」

小仏がきくと、彼女はぷいと横を向いた。その顔は答えたくないといっていた。向き直った彼女は目つきを変えた。

「あんたは、なんの用でここへきたんです」

やさしげに見えていた目がキツくなった。

「山寺とみどりという人に会いたいんです。会って、岩倉麻琴さんをどこに隠しているのかをききたい。あなたの世話をしていた麻琴さんは、山寺に誘拐されたんですよ。誘拐して、彼女の親に身代金を要求した。親は山寺の要求をのんで、大金を用意した。娘と大金を交換するはずだったが、ずるい手を使って金を奪い、娘を返さなかった」

貞子は、小仏の話をきいていないように横を向いている。自分とは無関係と思っているのか、それともとぼけているのか、小仏には彼女の肚《はら》が読めなかった。

「あなたは、甲府と東京の病院に入院してから京都へきたといった。出身地はどこですか」

「そんなことをきいて、どうするつもりなの」

彼女の態度がきのうとはちがっている。いくぶん挑戦的なのだ。

「犯罪者と関係のある人なのだから、身元ぐらいはきちんと知っておかなくては」

「あなたは警察の人じゃないらしいね」

彼女は白い目をした。

「名刺を差し上げる」

小仏は、黒革の名刺入れから一枚を抜いた。受け取った彼女は目を細くした。細かい字の住所まで読めたかどうかは分からない。受け取った名刺を縞《しま》の着物の懐に突っ込んでしまった。

「あなたは、山寺と名乗っている男と、みどりという女性と連絡を取り合っている。二人は重大事件の犯人だ。警察はあなたを事件の関係者とみて取り調べをしますよ」

「わたしは、二人がやっていることとは関係ない。そんなことを、わざわざいいにきたの。そこに立ってる、うすのろのような男は、あんたの手下なのか」

「うすのろ……」

イソは目が醒《さ》めたような顔をして、拳を固くにぎると肩を怒《いか》らせた。

小仏は、二宮貞子と名乗った老女を、ただものではない、と見直した。からだが弱いだとか、目まいがするなどといっているが、それは一種のポーズではないのか。

小仏のポケットの中の電話が急を告げるような鳴りかたをした。

相手は、警視庁の安間。

「岩倉さんが、また強請《ゆす》られた」

安間は吼《ほ》えた。

「また、とは……」

「麻琴さんを攫っている山寺という男は、岩倉さんに電話をよこして、三千万円の取引きでは安すぎた、などといったらしい」

「今度は、いくら要求したんだ」

「二千万円。今度は娘を返してやるといったそうだ」

あと二千万円出すことにしたとしても、麻琴を返すという保証はない。前回と同じような手口で、現金だけを奪われてしまうかもしれない。

小仏は、東京へ帰ることにした。

「山寺、みどり。それから二宮貞子は、狐《きつね》か狸《たぬき》だ。人を騙して金を奪うことを、仕事のようにしている連中だ」

小仏は助手席でいった。

「竹林の中の、あのばあさんも」

ハンドルをにぎっているイソは前を向いたまま いった。

「あのばあさんの目つきを思い出した。七十代だと思うが、タダ者じゃないような気がする。……おまえのことを、うすのろっていったし」

「ちくしょう。今度会ったら、蹴とばしてやろうかな」

安間の指示があって小仏たちは、渋谷区宇田川町の岩倉家に着いた。重厚な造りの家の横には警察車両がとまっていた。

5

麻琴の両親の岩倉夫婦は、暗い顔をしていた。誘拐犯人の要求どおり、三千万円を出したのだが、それを京都の墓地で奪われてしまい、人質にされていた麻琴を返してもらえなかった。

犯人は欲が深い。三千万円の現金を卑怯《ひきょう》な手を使って奪ったのに、追い打ちをかけるようにあらたに二千万円を要求してきた。まるで強請ればいくらでも出すと踏んでいるようだ。

岩倉家は、犯人の要求どおり現金二千万円を用意するつもりだろうが、前回同様にその現金を奪われ、麻琴を返してもらえなかったとしたら、警察は世間の笑いものにされるし、信頼を失うことになる。テレビも新聞も大喜びするように、その事件を報道するだろう。

少し遅めの丼飯が、麻琴の母の手で警察官と小仏らに配られた。彼女が全員にお茶を注いだところへ、電話が鳴った。全員が箸《はし》を置いた。

岩倉が受話器をつかんだ。

「だれだ」

犯人と思われる男の声がきいた。

「麻琴の父だ」

「岩倉良平さんか」

「そうだ。麻琴はどうしている」

「あんたの娘は、おとなしくて、おいらのいうことをよくきくいい娘《こ》だ」

「麻琴に代わってくれ」

「彼女はここにはおらん」

「どこにいるんだ。声だけでもきかせてくれ」

「きれいな座敷で、いまごろは面白い本を読んでるころだと思う」

それだけいうと、電話は切れた。犯人は取引きにかかわることを口にしなかった。

捜査員たちも小仏たちも、顔を見合わせてから箸を持ち直した。

最初の電話から三十分後、電話が入った。小仏は受話器を耳にあてて黙っていた。電話に物音は入っていない。屋内から掛けているらしい。犯人のほうも耳をすましているのだろう。

「だれだ」

小仏がいった。

「元山《もとやま》だ」

「今度は元山か」

「小仏とかっていった、態度のでかい野郎だな。なんであんたがそこにいるんだ」

「答える必要はない。それより麻琴さんをどうやって返すんだ」

「条件はすでに伝えてある。準備ができたら京都へきてくれ」

「また京都か。京都にこだわる訳はなんだ。あんたは京都の人間じゃないのに」

「そんなことが、分かるのか」

「おれには分かるんだ。出身地の見当もついてる。京都で、身代金を奪う女性誘拐をやってることが身内に知れたら、あんたは古里へは帰れない」

電話は、「うるさい」というふうに切れた。

犯人との会話はすべて録っている。地方の言語に詳しい大学教授に犯人の言葉をきかせたところ、長野県南部の訛があるといわれた。小仏の推測があたっていたのだ。

犯人は、市川きく絵に名字を「山寺」と名乗っていたが、この電話では「元山」といっている。本名ではないだろう。本名が分かり、身元と係累が判明した場合、親か兄弟に、犯行を取りやめろと説得させる方法もある。

きょう三度目の電話が犯人からあった。小仏が応じて名前をきくと「元山」だと答えた。

「あした京都へきてくれ」

元山はいった。

「京都のどこへだ」

「詳しいことは、あしたいう。二千万円を忘れるな」

「麻琴さんは、あんたと一緒にいるのか」

「心配するな。元気だ。メシも食ってる。おとなしい。いい娘《こ》だ。……ところであんたは、お節介だな」

「どういう意味だ」

渋谷署の中沢が小仏の前で手をまわした。犯人と長く会話をしろといっている。

「化野へ、ばあさんに会いにいったじゃないか」

「たしかに会いにいった。あの人は、あんたのお母さんなのか」

「あしたは、午前十一時に京都へ着くように」

元山は小仏のきいたことを無視した。

「京都は、どこへいけばいい」

元山は答えず電話を切った。人質交換の場所を教えると警察隊が配備される。彼はそれを警戒しているにちがいない。

小仏が舌打ちして受話器を置くと、

「やつは誘拐事件を過去にもやっているのではないでしょうか」

と、中沢がいった。短い会話で切る点、人質交換の場所をあらかじめいわない点から、経験者ではないかという。

「たぶん成功しなかったんでしょう。そのときの教訓から、人質交換の場所を墓場にしたのでは」

考えられることだ。元山という名に変えた犯人は、あしたはどんな手を使うつもりかと、小仏は腕組みした。二度と墓場にはしないだろう。

イソは壁に張りついて居眠りしている。顔に冷たい水でも掛けてやりたくなった。

元山という犯人は、人質交換の場所を京都市内にするつもりらしい。京都の地理に通じているからにちがいない。警視庁渋谷署は、京都府警本部に犯人が要求していることを伝えた。

小仏は、岩倉の妻が出してくれたコーヒーを飲むと、ボロ雑巾《ぞうきん》のような格好をして壁にもたれているイソを、叩き起こした。

「この非常時に」

小仏はいったが、イソは夢から醒めていないようなあくびをした。

「きょうじゅうに京都へいく。あしたの勝負のために待機するんだ」

「ええっ、また。おれは死ぬかも」

イソは口を尖らせたが、警官に見られていることに気付いてか、背筋を伸ばした。

「一日のうちに、京都を往復することになるとは」

イソはハンドルをにぎると、鼻歌のあいだで文句をいった。

小仏は、きこえないふりをして前方だけをにらんでいた。

「所長は、この国に、労働基準法というのがあるのを、知らないでしょ」

「きいたこともない」

「労働者の基本的人権を守る法律。つまり何日間働いたら使用者は休日を与え……」

「以前にも、同じようなことをいってたことがあったな」

「所長は、きき分けがないから、何回も同じことをいうんです」

「ふん。たとえ、そういう法律があったとしても、おまえにだけは適用されない」

「ひ、ひどい。もう、血も涙もない人間とは口をききたくない」

新東名高速道の浜名湖が見えるサービスエリアで、ひと休みして、コーヒーを飲んだ。

「所長は、運転を交替しようって、一度もいわなかったね」

「おまえの運転だと、安心して乗っていられるからだ」

「おだてですか」

「そうだ」

「いま京都までの半分ぐらい。名古屋まで所長が運転したら」

「嫌だ」

「どうして」

「自信がない」

「嘘だ。運転が嫌なんでしょ」

「ハンドルをにぎってると、眠くなるんだ」

「ちぇっ。おればっかり、コキ使う。これも労働基準法違反だ」

イソは文句をこぼしながら、ハンドルをつかんだ。陽が暮れた。黒い鳥の群れが上空を横切った。

岡崎市を越え、名古屋市に近づいた。

「そういえば、人質にされている麻琴さんの声を、一度もきいていないよね」

イソは、大型バスのテールランプを見ながらいった。

「そうだった」

「まさか……」

生きていないのでは、と思ったようだ。もしも不幸な状態になっているのだとしたら、犯人との取引きの必要はない。

誘拐犯人がどんな要求をしてくるかは不明だが、まず、麻琴の安否を確認することだ。

上空で星が輝きはじめた。京都市内に着いた。鴨川《かもがわ》を渡った。東九条のホテルに泊まることにした。中沢警部補が指揮をとっている捜査班は、京都七条署近くのホテルに着いたと連絡があった。

イソは何度も空腹を訴えた。ホテルの近くで紅《あか》い灯を見つけて飛び込んだ。コの字型のカウンターの中央の鍋でおでんが湯気を上げていた。

イソはぬるい燗酒《かんざけ》を一気にあおった。小仏は、イソが好きなおでんを知っている。糸こんにゃくと大根とじゃが芋だ。それをお代わりすると、

「やっと人間らしくなった」

といって、腹を撫でた。

「酒を、もう一杯」

「三杯目じゃないか。あしたは大事な仕事が待っているんだぞ」

「飲み食いしてるときに、ごちゃごちゃ」

イソがこれをいい出すのは酔ってきた証拠だ。

小仏は二杯飲んだところで切り上げることにした。

「五〇〇キロも、六〇〇キロもの距離を、一人で運転させながら、お疲れさんの一言もいわず……」

イソはグラスをつかんだまま、焼き鳥を三本オーダーした。

カウンターには三十代ぐらいの男女の客がいたが、イソを横目に店を出ていった。店主の母親らしい白髪頭の人が、食器を洗って片付けをはじめた。棚の上の時計が午後十時をまわった。

6

午前十時に小仏とイソは、中沢警部補が指揮をとる捜査班と京都国立博物館前で合流した。

午前十一時きっかりに、中沢が手にしている電話が鳴った。その電話の番号は岩倉麻琴のものだった。掛けてよこしたのは、きのうは「元山」と名乗った男だ。その前は「山寺」と名乗

っていた。きょうは「神田川《かんだがわ》」と名乗った。まるでゲームを楽しんでいるようだし、警察をあざ笑っているようでもある。

神田川は中沢に、京都へは何時に着くのかときいた。

「きのうのうちに着いている。そっちはどこにいるんだ」

電話は切れた。が、五分後に掛けてよこして、白川通《しらかわどおり》の北白川別当《べっとう》付近へきてもらいたいといってから、現金を用意してきたかと念を押した。

「そっちのいうとおりにしているんだから、麻琴さんと交換だぞ」

犯人はそれには答えず、電話を切った。

犯人がいった北白川別当という場所が分かった。北白川別当町というところがあり、京都キリスト福音教会がある。小仏たちは警察班とともに犯人がいった場所へ移動した。きょうの警察班には女性警官が二人加わっている。犯人が銃を使用するのを考慮して、全員防弾装備を着けている。

中沢の指示で、小仏が麻琴が所有しているはずの電話に掛けた。

「だれだ」

喉の具合でも悪そうな声が応えた。

「小仏だ。きょうは神田川とかいってるようだが」

「そうだ。神田川だ」

「本名は、二宮じゃないのか」

小仏がきいたが、無視してか答えなかった。

「約束の現金を一人に持たせて、タクシーに乗れ。一人だぞ。タクシーに乗ったら、電話しろ。行き先を教える」

中沢が小清水《こしみず》という三十歳見当の女性警官を呼んだ。彼女に二千万円入りの段ボール箱を持たせて、タクシーに乗せる。彼女にはスマホを二台持たせる。一台は班への連絡用、一台は犯人とのやり取り。彼女には非常用に拳銃を与えた。

年配の男性運転手のタクシーが南側からやってきた。

「落着いてやれよ。もし人質に取られたとしても、かならず取り返す」

中沢はそういって、小清水をタクシーに押し込んだ。

彼女は神田川と名乗っている犯人に、タクシー内から、どこへいけばいいのかときいた。すると彼は、「女か」といったあと、詩仙堂へと、タクシー運転手にいえ。詩仙堂を知らないドライバーはいないので、十四、五分で着く、といった。小清水は詩仙堂を知っていた。一度訪ねていた。

二千万円の札束を収めた箱を抱えた小清水が、左右の車窓から緩い坂道の住宅街を、落着きなく見ているうちに、山門前に着いた。ドライバーには、「少し待っていてください」といった。

山門前に着いたと犯人に電話しようと思ったところへ、若い女性と口のまわりに髭をたくわえた痩せぎすの中年男が、石段を下りてきた。

小清水は車外に出ると、現金を収めた箱を抱えた。

「おれは紳士だから、約束を守る」

男はそういって警戒の目を光らせた。タクシーの後ろに尾《つ》いてくる車がないことを男は知ると、小清水から箱を受け取り、蒼い顔をしている若い女性の背中を押した。小清水は、「岩倉麻琴さんなのね」ときいて、タクシーへ押し込むようにした。髭の男は箱を抱えて門の前からすぐに消えた。

小清水は、麻琴に抱きつくようにタクシーに乗り、一乗寺下り松の手前で中沢に電話した。

「麻琴さんを、無事保護しました」

と、声を震わせた。

「ご苦労さん」

そういった中沢も唇を震わせた。

警察班は、髭の男が姿を消した周辺をさがしまわった。が、見つけることはできなかった。

小清水と麻琴の乗ったタクシーは、北大路通《きたおおじどおり》で警察班と合流した。

水色の洗いざらしのような長袖シャツとジーパンの麻琴を、小仏とイソは車の中から見ていた。蒼白くやつれた顔をした麻琴は、捜査員たちに何度も頭を下げていた。左目の横のほくろが大きくなったように見えた。彼女は、二人の女性警官にはさまれて車に乗った。東京へ向かってつっ走るのだった。

麻琴を奪還すると京都の警察は、麻琴を監禁して身代金を奪った男女を逮捕するため、二か所のアジトを捜索した。だが、どのアジトも蛻《もぬけ》の殻だった。

自宅に着いた麻琴は、両親から、二度にわたって五千万円を奪われたことをきくだろう。

京都から麻琴を囲んでもどって三日がすぎた。名古屋市内で岩倉麻琴を誘拐して、身代金五千万円を奪った男を捕まえなくてはならない。当然だが警察は、夫婦らしい犯人の割り出しを急いでいる。警視庁の安間は、

「小仏は、山寺とか、元山とか、神田川などと名乗っていた男を捕まえて、五千万円を奪い返せ」

といった。五千万円を奪い返すことができたら、岩倉家はお礼として一千万円ぐらいは出すだろうともいっている。

警察は、麻琴を自宅に訪ねたり署へ呼んだりして監禁状態をきき、犯人を割り出そうとしている。

「警察より先に、犯人の首っ玉を捕まえないと」

イソは小仏にけしかけるようなことを、口にしている。

「一千万円入ったら、所長はおれに、いくらくれるの」

「給料以外には……」

「出さないっていうの」

「あたり前じゃないか。一千万円入ろうが二千万円入ろうが、それは事務所の売り上げだ。それよりおまえには三日間、休暇をやった。京都を二度も往復したからだ。アパートでごろごろしていると思ったが、三日間つづけて、ライアンへ飲みにいってたらしいな」

「だれにきいたの」

「おまえがやってることは、すべておれの耳に入るんだ。ライアンのツケがたまってることもな」

「けッ」

イソは黙って窓から下の道路を歩いている人を見下ろしていたが、鼻歌をうたい出した。歌の末尾にはかならず、

「冷てえな。こころが凍るよ、おっかさん」

という。

小仏は、窓を染めている夕陽を見ながら岩倉家へ電話した。麻琴の母の光子が応じた。夕飯がすんだころ訪問してよいかをきいた。麻琴の口から監禁されていた間、山寺とみどりと名乗っていた二人のようすをききたいといった。

光子は麻琴に都合をきいた。

「どうぞ、お待ちしております。お夕飯はこちらで召し上がっていただきたいので」

といわれた。小仏は遠慮なくうかがうことにした。

小仏は、渋谷区宇田川町の岩倉家の敷居をまたいだ。光子が出てきて、夕食の用意がととのっているのでといって、食堂へ案内された。良平が帰宅していた。彼は椅子から立ち上がって、小仏に、「ご苦労さまです」といった。

麻琴が食堂へ入ってきて、小仏に頭を下げた。彼女は病気上がりの人のようなやつれた顔をしていた。

今夜の食事は、まぐろの刺し身とカニ鍋だっ

た。鍋をつつく前に、良平が注いでくれたワインを一杯飲んだ。歯ごたえのある奈良漬けが小皿に盛られていた。それは甘辛かった。食べたことのない食感だったので、なんの漬け物かと光子にきいた。

「柿の奈良漬けです。毎年、奈良の方が送ってくださるんです」

小仏が、「おいしい」というと、光子は二切れ追加してくれた。

食事をすませると、良平と麻琴と小仏は、応接間へ移った。

麻琴は、五月三十一日、午前十時半ごろ、名古屋市丸ノ内のオリオンホテルを出て、結婚式場のエビスマホテルに向かって一〇〇メートルほど歩いたところで、見知らぬ男に声を掛けられた。男からなにかをきかれたようだったが、きき取れなかった。男は彼女の腕をつかんだ。その手を振りほどこうとしたところへ、女性が走ってきて、その男女は麻琴を乗用車に押し込んだ。「騒ぐな。おとなしくしてれば、なにもしない」と、男が怒鳴るようにいった。人違いではないかときくと、男は、住所と氏名をきいた。女性が車を運転し、男が後部座席で麻琴の腕をつかんでいた。

男に、家族構成と父親の職業もきかれたが、すぐには答えなかった。

「いい物を着ているじゃないか」男はそういって、麻琴の持ち物の二つのバッグの中身を調べた。バッグには、結婚式を挙げる谷垣久仁子への祝い金も入れていた。

女性が運転する車は高速道路に乗った。初めはどこへいくのか見当もつかなかったが、道路標識を見て京都方面へ向かっているのを知った。どこへ連れていくのかをきいたが、男も女も答えなかった。

男は麻琴のバッグの中から名刺入れと健康保険証を取り出し、「山手産業の社員か」といった。男が質問する内容から、身代金要求の誘拐らしいと勘付いた。男は麻琴の腕から時計をはずすと、「こりゃあ高級品だ」といって、自分のポケットに入れてしまった。彼女のスマホも取り上げた。見当では四、五時間走って、竹林の中へ車をとめた。ザワザワと竹が鳴っている先に古びた一軒家が見えた。

「しばらくここで休んでいてもらう」男はいって、麻琴の背中を押した。

薄暗い部屋へ上がると、縞の着物の老女があらわれて、「ご苦労さんだね」といった。その部屋には家具らしい物はなく、冷たい空気がよどんでいて、麻琴は寒さをこらえるように胸を囲んだ。

病人のような血色のよくない顔の老女は、男を「しゅん」、女性を「みどり」と呼んだ。

麻琴は、三人の隙《すき》をみて逃げ出すことを考えながら、三人を観察した。老女と男は顔立ちが似ているのを知り、母子ではないかと想像した。男女は夫婦のようだった。みどりは言葉遣いがやや乱暴だが、料理は手早く、味付けは上手なほう。洗濯機はなく、流しに水をためて汚れ物を洗い、縁側の上方に綱を張って干した。テレビはなく、黒い小さなラジオでニュースなどを聴いていた。

しゅんとみどりの朝起きは遅かった。朝食とも昼食ともいえない食事を無言で四人で摂ると、どこへなにをしにいくのか男女は出掛けた。

「逃げると、家族がひどい目に遭うからな」

男は出がけにかならずそういった。

拉致されて二日目の夜、しゅんとみどりは酒を持ってくると、老女をまじえて飲んでいた。三人にとってはいいことでもあったようにみえた。麻琴は寝たふりをして、隣室で酒を飲んでいる三人の会話に聞き耳をたてていたが、声は低く、言葉を聴き取ることはできなかった。

次の日、麻琴は車に乗せられた。運転はみどりで、しゅんは後部座席で麻琴の腕をつかんでいた。途中、丸太通とか堀川通の標識を目にしたので、京都市内を走っているのを知った。北大路橋を渡った。鴨川を越え、しばらく走ると高野《たかの》川を渡った。地名が高野から一乗寺に変わった。見覚えのある石段と門の前で車はとまった。そこは詩仙堂だった。二年前に友人二人と一緒に、寺内はもとより、手入れの行き届いた庭園をじっくり見てまわったのを思い出した。

みどりの運転する車は、詩仙堂を一周するようにぐるりとまわり、高低差のある広い墓地を背にしてとまった。墓地を出たところには石屋があった。古びた木の門のある一軒家の前で車はとまった。門の柱には「妙鏡《みょうきょう》」と黒く書かれた表札が貼《は》り付いていた。名字なのか屋号なのかは分からなかった。車一台がやっと通れる幅の道に「狸谷山不動院」への矢印の札が立っていた。

　みどりが玄関の引き戸を鍵で開け、電灯を点けた。屋内の造作は古いが、埃は浮いていなかった。

「ここにしばらくいてくれ。逃げたら家族が怪《け》我《が》をする」

　しゅんと呼ばれている男は、麻琴をにらみつけた。みどりは食品を詰め込んだ袋を床に置き、「自由に調理して食べな」といった。

　しゅんとみどりは、その家に一時間ばかりいて出ていき、その日はそれきり立ち寄らなかった。

　六月六日の午後、しゅんがやってきて、「あんたを帰す」といって、詩仙堂入口の門である「小有洞《しょうゆうどう》」へ連れていかれた。

　五千万円と引き替えに解放されたことを、麻琴はあとで両親からきかされた。

第三章　竹の泣く声

1

夜間に乗ったタクシーのなかへ、スマホを置き忘れたか落とした人がいた。その人はタクシーを降りてからスマホがないことに気付いて、タクシー会社へ電話した。が、スマホは見付からなかった。次にそのタクシーに乗ったのは五十歳見当の男で、池袋駅前から乗って南大塚の都立大塚病院前で降りた。

岩倉麻琴を名古屋市内で拉致して、彼女の親に身代金を要求した犯人は、京都から東京・渋谷区の岩倉家へこのスマホを使って電話を掛けていた。いくぶん嗄れ声で、山寺とか、元山とか、神田川とかと名乗っていたが、本名は不明だ。その男の名は「しゅん」らしいと、麻琴はいっているが、どういう字なのかは分かっていない。

しゅんは、みどりという三十代半ば見当の女性と行動をともにしている。そして京都市内に拠点を三か所、設けていたことが分かった。一つは右京区嵯峨の化野念仏寺の裏側、もう一つは同じく嵯峨の嵐山羅漢隣接、もう一か所は左京区一乗寺の詩仙堂裏。

詩仙堂裏の一軒家に麻琴を閉じ込め、嵐山羅漢隣接の一軒家には市川きく絵を押し込め、化野念仏寺裏側の竹林のなかの平屋には老女を住まわせていた。

その老女は二宮貞子だと小仏に名乗った。

小仏は安間に電話した。

「おお、小仏か」

安間は部下にいうような言葉を遣った。彼はたまに、「出過ぎるな」とか「言葉を慎め」などと小仏に忠告することがある。彼は小仏事務所の得意先でもあり天敵のような存在でもある。

「病院に入院、あるいは入院していた人のことを知りたいが、おれが問い合わせても教えてはもらえないから、そっちで問い合わせてくれないか」

「現在入院している人のことか」

「それは分からないが、五月十日には入院していたと思う」

「病院はどこだ」

「都立大塚病院」

「患者の名は」

「二宮という姓の人が入院していたと思う。性別も歳も不明だ。二宮姓の人がいたら、住所と年齢をきいてもらいたい」

安間は、「了解」といって電話を先に切った。

二十分後、安間は回答の電話をよこした。

「二宮姓の患者がいた。二宮美鈴《みすず》という名で、四十三歳の女性。住所は板橋区小豆沢。……乳ガンで入院したが検査の結果、肺にも骨にもガンの転移が認められて手術を受けた。一時は衰弱していたが、現在は良いほうへ向かっているらしい」

小仏はメモして電話を切った。

イソに車を運転させて、二宮美鈴の住所を見にいった。そこは五階建てマンションの二階だった。玄関ドアの上には「二宮」の小さな表札が出ていた。通路側の窓に電灯が映っていたのでドアをノックした。

「はあい」

と女性の声がしてドアが開いた。髪を後ろで結わえた痩せぎすの若い女性が顔をのぞかせた。

小仏は、ききたいことがあるといって、名刺を渡し、大塚病院へ入院中の人の娘かときいた。

「そうです。二宮君恵《きみえ》です」

小さい声だがはっきりとした言葉遣いをした。学生なのかときくと、大学へいっていると答えた。これから病院へいくつもりだともいった。

「車できているので、病院へ送ります」

小仏は道中の車内で話をきくことにした。

イソに運転させて、小仏は君恵と後部座席に乗った。

まず、何人兄妹かをきくと、

「わたしは、一人っ子です」

と、薄く笑って答えた。

小仏は、母親の現在の病状をきいた。

「二週間ぐらい前から良いほうへ向かっているようです。一か月ほど前は、もう駄目かって思ったこともありました。担当の先生はよく診てくださっているし、わたしを勇気付けてくださっています」

「あなたのお父さんは……」

小仏がきくと、彼女は俯《うつむ》いて二、三分のあいだ黙っていたが、

「以前は、砂川《すながわ》という姓でしたけど、両親が離婚して、母の姓の二宮になったんです」

立ち入ったことをきいて悪かった、と小仏は謝った。

大学の何年生かときくと、二年だと答えた。二十歳ぐらいだろうと見当をつけた。

小仏は、それとなく彼女の身内についてきいた。

「伯父がいます。母の兄です」

「その方は東京に……」

「東京に住んでいたこともあったようですけど、いまは……」

どこにいるのか知らないらしく、彼女は首をかしげた。

「その伯父さんは、お母さんが入院している病院へ見舞いにきますか」

「何回かきているようです。わたしは病院で一回しか会っていません」

「伯父さんは、二宮姓なんでしょうね」

「そうです」

「会社勤めの方ですか」

「自分で商売をやっているようですけど、わたしは詳しいことは知りません。……小仏さんは、わたしの身内のことでも調べていらっしゃるんですか」

「ある事件に関係することを調べていたら、二宮姓の人がかかわっているのを知りましたので、もしかしたらと……」

小仏は語尾を曖昧《あいまい》にした。

「ある事件」

君恵はつぶやいたが、黙っていた。

大塚病院に着いた。あとできききたいことがあるかもしれないのでといって、小仏はケータイの電話番号を彼女に教え、彼女の番号もきいた。

車を降りると彼女は丁寧なおじぎをして、小走りに病院内へ消えた。

彼女は、母親の容態を見たうえで、小仏太郎という人が訪ねてきて、車で病院へ送ってくれたが、その道中、気になることをいくつかきかれた、と話すのではないかと想像した。

「彼女は、所長がきいたことを、母親に話す。母親はどういう反応をしたかだね」

イソは、鼻歌でもうたい出しそうな調子でいった。

小仏とイソは、病院の駐車場へ車を入れて、君恵が出てくるのを待った。

一時間ほど経った。落日が一瞬、雲を紅く染めた。辺りはすぐに暗くなり、病院の窓にはいくつも灯りが点いた。

君恵が電話をよこした。初めての相手に電話したからか、その話し方はたどたどしい。彼女は小仏に、ききたいことがあるので、会えるかといった。

小仏は、

「わたしも会いたい」

と答えた。

十分ほどすると君恵が通用口から出てきて、首を左右にまわした。

イソが運転する車は、病院の通用口で君恵を拾った。

「静かな店で食事しましょう」

小仏がいうと、君恵は彼の顔を見てからうなずいた。

東京芸術劇場の近くにすし屋があったのを思い付き、そこで食事することにした。

小仏が先に立って二階の店へ入った。君恵はこういう店に馴れていないらしく、入口でいったん足をとめた。テーブル席はいくつも空いていた。小仏は壁ぎわのテーブル席を選んだ。

「きれいなお店ですね」

彼女は店内を見まわしてから、在学中の大学はここから近いのだといった。

車を駐車場に入れてきたイソも、客のまばらな店内に首をまわした。

「ビールにしましょうか、日本酒がいいかな」

イソだ。

「酒は飲まない」

車の運転を忘れたのかと小仏はいいたかった。

「好きなものを頼みなさい」

小仏は君恵にいってから、まぐろ、えび、あなご、いくらを頼んだ。君恵はオーダーするものに迷っていたが、小仏と同じものにした。イソは、まぐろと、あかがいと、あなごを二回オーダーした。

「お母さんの具合は、どうでしたか」

小仏が君恵にきいた。

「いつもより顔色がいいようでした。きのうもきょうも、お粥を食べたといっていました」

お粥ときいて、化野の竹林に囲まれた家にいる老女を思い出した。

「お母さんにはお兄さんがいるということでしたが、その人のお名前を知っていますか」

「二宮旬です。若いとき、歌手をしていて、ヒットした歌もあったようです。母にきいた話では、二宮旬は病気して、一時、声が出なくなって、歌手を辞めたということです」

その後、なにをやっているのかは知らないという。

「お母さんは、どこの出身か知っていますか」

「長野県の駒ヶ根《こまがね》市です。母に連れられて一度だけ、母が生まれたところへいきました。そのとき、ロープウェイで高原のようなところへ登りました。正面には、屛風《びょうぶ》のような岩山がそびえ立っていて、それを見てわたしは身震いしたのを憶えています。そこにはきれいなホテルがあって、一泊して、千畳敷《せんじょうじき》という傾斜のある高原を母と一緒に歩きました」

それは、彼女が中学二年生のときだったという。

「そのとき、お父さんは一緒でなかったの」

「離婚した直後でした。母は、高校生のころ同級生と何度も山に登ったといっていました。山を眺めて、懐かしいっていいながら、寂しそうだったのを憶えています」

「駒ヶ根か」

小仏はつぶやいた。

「いったことがあるんですか」

「いや。飯田《いいだ》線に乗ったことがあるだけです。

……車窓から天竜《てんりゅう》川越しに、南アルプスを眺めました。飯田市に用事があっていったんですが、訪ねた家には水引《みずひき》をつくる作業場がありました。それまで飯田が、水引の産地だということを知らなかった」

君恵は、「おいしい」と何度もいいながら握りずしを食べた。

「あなたは、おばあさん、つまりお母さんの親に会ったことがありますか」

「駒ヶ根へいったときに会いました。小学生のときにも会っていました」

名前を憶えているかときくと、彼女は目を瞑って考え顔をしてから、

「たしか、貞子だったと思います」

と、答えた。

「二宮旬さんの奥さんに会ったことは」

「ありません。母の話では、伯父は歌手を辞めたあと、離婚したようでした。母を見舞いにきてくれたときの伯父は独りでした」

君恵はそういって箸を置くと、小仏は、二宮旬や貞子のことをしらべているのではないかと、やや上目遣いになってきいた。

「じつは私は、京都で、二宮貞子さんに会いました」

「えっ、京都で……」

君恵は目を丸くした。

「京都の右京区嵯峨鳥居本《とりいもと》化野というところに、化野念仏寺があります」

「いったことはありませんけど、京都の『古寺あるき』という本で読んだことがあります」

「その寺の裏側にあたる竹林に囲まれた一画に、二宮貞子という人は住んでいる」

小仏がいうと、君恵は箸を置いて、信じられないというふうに首をかしげ、眉を寄せた。信州・駒ヶ根と京都が結びつかないようである。

すし屋を出て、君恵を自宅へ送った。マンションの前で彼女は車を降りると、腰を深く折って礼をした。彼女の物腰は母親の躾《しつけ》ではないかと小仏は感じた。

イソはハンドルに片手を置いて、彼女に手を振った。

「いい娘《こ》だね」

走り出すとイソはいった。

「器量よしだし、スタイルもいい。言葉遣いも粗末でない」

小仏は助手席で前方を向いている。

「おれ、ああいう娘と付合いたいな」

「無理だ」

「どうして」

「釣り合わない。似合わない。月と鼈《すっぽん》だ。おれに黙って彼女に電話なんてするんじゃないぞ。……おまえには、キンコという彼女がいるじゃないか」

「キンコとは付合ってはいないから、彼女じゃない」

イソは、口を尖らせて口笛を吹いた。

西の空に細い月が浮かんでいた。

2

日曜の朝八時。小仏はアサオに餌《えさ》をやり、皿を洗って水を注いだ。

ケータイが鳴った。安間かと思ったが、彼はデスクの固定電話に掛けてよこすから、別人からだ。

電話をよこしたのは、思いがけない人だった。一週間前に会って、一緒に食事をした二宮君恵だった。彼女は震えているような声で、

「朝から申し訳ありません」

といった。声もかすれている。

「なにか……」

「お話ししたいことがありますので。おうかがいしてよろしいでしょうか」

声の調子は、深刻なことを話したいといっているように受け取れた。

都合のよいところへ出掛けようかと小仏がいうと、彼女は小仏の事務所を訪ねるといった。

三、四十分後、君恵はドアをノックした。

彼女はクリーム色のシャツに藤色《ふじいろ》の薄いベストを重ね、紺色のフレアスカートを穿《は》いていた。

小仏が応接用のソファをすすめると、白いバッグを脇に置いて、あらためて頭を下げた。だがその顔色は病人のように蒼ざめていた。見るからに困り事を抱えているといった表情だ。

「あら、可愛い猫が」

そういって、わずかに頰をゆるめたが、

「ほかに、相談できる方がいないので」

彼女は細い声で切り出した。

「お母さんの容態でも……」

「いいえ」

彼女は姿勢を正すように動いた。

「わたしは、大学の先輩だった河北秀利《かわきたひでとし》という人とお付合いしています。河北さんは二十六歳で、親戚の方がやっているスーパーマーケットに勤めています」

小仏は、彼女の顔をじっと見ている。

「先日、小仏さんからおうかがいしました伯父と祖母のことを、河北さんに話しました。祖母の貞子と、伯父の旬が京都に住んでいることをです。わたしの母も、二人が京都にいるのを知りませんでした。祖母が駒ヶ根からいつ京都へいったのか、伯父は京都でどんな仕事をしているのかも分からないと、河北さんに話しました。なぜ、母とわたしが伯父のことなどを気にかけているのかというと、収入のない母とわたしは、伯父の援助で暮らしているからです」

そこまで話すと君恵は、一息つくように言葉を切って、胸に手をあてた。

小仏は、コーヒーをたてていたのを思い出し、カップに湯気の立つコーヒーを注いで、君恵の前へもどった。

「わたしが、伯父や祖母のことを気にしているのを知った河北さんは、二人のようすを見にいってくるといって、京都へ出掛けました」

「京都へ出掛けた。京都のどこへ……」

「小仏さんからうかがった右京区の嵯峨というところへ、伯父を訪ねたのだと思います」

小仏は、コーヒーを一口飲んで、首を左右に動かした。

彼女は胸の前で拳をにぎった。

「彼からの電話を待っていたのですが、掛かってこないので、わたしが掛けました。……すると電話は、電源が切られていました。……彼が京都へ向かって、きょうが五日目です。彼は帰ってこないし、いまも電話は通じません」

君恵の瞳が光った。黄色のハンカチを目にあてた。河北の勤務先であるスーパーマーケットへ彼女は電話した。すると、何日間も無断欠勤だし、自宅にも帰っていないといわれたという。

彼女は、河北の自宅へも電話した。母親が応じて、「京都へいってくるといって出掛けたが、それきり電話もないし、帰宅しないので、きのうの夕方、所轄の志村署へ捜索を願い出た」といわれた。

「河北秀利さんは、間違いなく京都へいったんでしょうね」

「いったと思います。嘘をつくような人ではありませんので」

彼女は目にハンカチをあてて答えた。

「きょうが五日目」

小仏は壁のカレンダーを見てつぶやいた。額に手をあてて目を瞑ったが、イソに電話した。呼び出し音が六回鳴って、「なあに」と嗄れ声が応えた。

「寝てたのか」

「日曜だから」

「早く事務所へ出てこい」

「なんだよ。まさか、仕事じゃないだろうね」

「芝川のうな重を食わせるから、早く」

「ええっ。珍しい。さては、なにか、落とし穴でも」

「いま、事務所へは二宮君恵さんが見えている」

電話はイソのほうから切れた。

イソは二十分後に、片手をポケットに入れ、「おはようございます」と、大声で入ってきた。

君恵は立ち上がって頭を下げた。

芝川へは、うな重の「竹」を三つ頼んだ。

小仏はイソに、君恵がいったことを伝えた。

イソは腕組みすると、無精髭を撫でながら、

「京都へいく必要があるね」

と、壁の一点をにらんだ。

小仏はうな重の隅をつつきながらどうするかを迷っていたが、もう一日待ってみようと君恵にいった。彼女は無言でうなずいた。

小仏は、自宅にいると思われる安間のケータイに電話した。大学生の二宮君恵という人と親しくしている河北秀利が、君恵の話をきいて京都へいったらしい。きょうが五日目だが、帰ってこないし、電話も通じないと話した。君恵がどういう人であるかも説明した。

「素人が危険なことをしたもんだな。河北という青年は京都で、山寺とか元山とかと名乗っていた男に会ったことが考えられる」

山寺とか元山とか、時には神田川などと名乗っていた男の本名は、二宮旬だ。大塚病院に入院中の二宮美鈴の兄であることが分かっている。

美鈴は重い病気で長い入院生活を送っていて、収入がない。美鈴と君恵母子の生活《くらし》を二宮旬が支えているらしい。

安間は、誘拐事件はひと区切りついたが、犯人を捕まえるにはいたっていない、とつぶやいた。

「河北という青年が、京都で二宮旬に会ったとしたら、彼は監禁されたことが考えられる。だから連絡がつかないのだと思う。もしかしたら二宮は、今度は河北を人質にして、脅しをかけてくるかも。……小仏は、二宮とみどりという女のアジトを知っているな」

「知ってる。三か所だ」

「そのいずれかで、河北は手足を縛られていそうな気がする」

安間は小仏に、早く京都へ駆けつけろといった。

小仏は君恵に、もう一日待ってみろといったが、安間に尻を叩かれた格好になった。イソの身なりを見たが、いつもと同じような服装だった。

「京都へいく」

小仏はショルダーバッグに必要な物を詰め込んだ。

「また京都」

イソは、君恵をにらむように見ながら立ち上がった。珍しいことに拳をにぎり、目を光らせた。

今回は列車にした。必要があればレンタカーを利用する。

新幹線の「のぞみ」で、京都へは約二時間十五分だ。

事務所でうな重を食べたのに、イソはホームの売店でパンとお茶を買った。珍しいことにお茶の一本を小仏の膝へのせた。小仏は冷たいお茶を一口飲むと、目を瞑った。列車が静岡に近づいたところで目を開けた。アサオが膝の上へのってきた夢を見ていたのだった。だれもいなくなった事務所で、アサオはどうしているのかを想像した。

小仏はエミコに、京都へいくのを知らせてこなかったのを思いついて電話した。エミコはすぐに応答した。彼女には親しくしている男性はいないようだ。休日はどうしているのかをきいたことがある。すると、天気がいい日の朝は二時間ぐらいかけて中川《なかがわ》岸を歩く。食事のあとは本を読むか、母に代わって育ててくれた伯母か、新潟の友人に手紙を書く。書くことが沢山《たくさん》あって、便箋《びんせん》を十枚ぐらい使うこともあるといっている。イソはエミコが伯母や友人に宛てる手紙について、どんなことを便箋十枚もに書くのかときいた。すると彼女は、まずお天気、それから自分の体調、作った食事、読んだ本の感想、見たり会ったりした人の印象、だと答えた。

「じゃあ、おれのことも手紙に書くの」

イソは眉を寄せた。

「イソさんは、一見乱暴のようだけど、仕事熱心だし、辛抱強いし、所長の信任が厚いし、ご飯を沢山食べる、って……」

「ご飯を沢山……。よけいなことを書かないでよ。……小仏太郎のことは、なんて」

「書いたことはありません」

列車は、名古屋に停車した。十五時五十分。あと三十分ほどで京都に着く。

京都で列車を降りると、

「小腹がすいたから、そばでも食ってから行動しようよ」

イソがいった。

「おれは食いたくない」

「所長は、自分のことしか考えてない。普通の上司は、気を利かせて、そばでも食ってこうっていうのに」

「おれは、そばが嫌いだ」

「嘘だ。ざるそばが大好きだって、いったことがあったのに」

イソの文句を無視して、タクシーに乗った。

渡月橋を渡った。日曜のせいか、橋の上にも、左岸に並ぶ売店にも観光客が大勢いた。薄陽が頭の丸い山にあたっている。

嵐山羅漢に着いた。居並ぶ黒い仏像が一斉に小仏とイソのほうを向いたように見えた。タクシーには待っていてもらった。茅葺屋根の一軒家に薄陽があたっていた。かつて彦根市の市川きく絵が閉じ込められていた塀のなかの家は、固く戸を閉めて押し黙っている。軒下には、きく絵がたびたび踏み台にしたという木箱が、放り出されたように空を向いていた。

小仏が玄関ドアに向かって声を掛けた。が、返事は返ってこなかった。玄関の戸は固く施錠されている。板戸に耳を押しあててみたが、屋内から物音はしなかった。

家主の豆腐料理屋へいって、家を借りていた人はどこへいったのかをきいた。すると女将《おかみ》が出てきて、「貸したままになっています」と答えた。

3

本名は二宮旬と思われる男の第二のアジトへ向かうことにした。そこは化野念仏寺裏の竹林に囲まれた一画だ。その家には二宮旬の母親の貞子が住んでいたはずである。貞子は七十代だろう。ときどき目がまわるとか、からだが弱そうなことをいっていたが、口は達者だった。

貞子は、息子の旬がみどりという名の女性と組んで、誘拐事件を起こしたことを知っているはずである。旬とみどりは、名古屋市内で攫った岩倉麻琴を、何日間か貞子が住んでいる家へあずけていた。

貞子はきょうも縞の着物を着て、「なんの用事なの」とでもいって出てきそうだ。

旬とみどりは、岩倉家から二度にわたって五千万円を奪っている。その金額を貞子は知っているだろうか。

小仏はふと、二宮君恵がいった言葉を思い出した。「収入のない母とわたしは、伯父の援助で暮らしている」といっていた。

君恵はまさか伯父が、女性を誘拐して身代金を奪うのを仕事のようにしていることなど、露ほども知らないだろう。

小仏とイソは、薄暮のせまった化野念仏寺への石段の前でタクシーを捨てた。石段を初老の男女が下りてきた。その二人は、寒さをこらえているような顔をしていた。

小仏とイソは、竹林の垣根に沿って寺の裏側へまわった。竹林はザワザワと騒いでいる。古い一軒家は息を潜めるように押し黙っていた。その家をぐるりと一周してから玄関へ声を掛けた。返事がないので引き戸をノックした。やはり反応がない。手を掛けると板戸は動いた。施錠されていなかった。施錠されていないのがかえって不気味だった。

戸を開けてから小仏は奥へ向かって声を掛けた。返事をする人はいなかった。首筋を冷たい風に撫でられたような気がした。

「ここも空き家か」

小仏は独りごちて、靴を脱いだ。部屋を見れば、人が住んでいるかいないかが分かる。

柱のスイッチをはね上げて、電灯を点けた。

「人がいない家って、気味が悪いね」

イソは小仏の後ろを前かがみになってついてきた。

台所はきれいに片付いていた。棚に白い皿が三、四個重ねられている。間仕切りのふすまは固く閉められていた。二宮貞子はふすまの向こうに敷いた布団に寝ていた。ふすまを開けた。家具といえるものはひとつもない。変色した畳が六枚敷かれているだけだ。

イソが鼻を動かして、押し入れの戸を開けた。

「げえっ」

と叫んでのけ反《ぞ》った。薄い布団の上に男が膝を抱くような格好をして横になっていた。

小仏は押し入れに首を突っ込んだ。刑事だったころにこれと同じような遺体を何度か検《み》ていた。

君恵から、河北が京都の嵯峨へいったといわれたときから、不安が頭にこびりついていた。それが現実になった。膝を抱くようにして固くなっているのは、河北秀利ではないか。そうにちがいないと思ったが、あらためて押し入れに首を突っ込んだ。よく見ると短い髪には白髪がまじっていた。顔立ちははっきり見えないが初老の男のようである。

小仏は押し入れのなかで遺体になっている男をカメラに収めると、外へ出て嵯峨署へ連絡した。
七、八分経つとパトカーのサイレンがきこえた。
制服警官と一緒に私服の男が四、五人、足音を立ててやってきた。

「ここは、だれの家なのか」

四十半ばの赤木《あかぎ》という私服が小仏にきいた。

「二宮貞子という七十代見当の女性と、その息子が、もう一人の女性と一緒に住んでいたようです」

「あなたはそれを、どこで知ったんですか」

私服は、押し入れのなかの遺体を一目見てから小仏にきいた。

またサイレンがきこえて、鞄を提げた男たちがやってきた。鑑識班だ。

小仏は、この家を訪ねるまでの経緯を赤木に話した。

「あなたが前にここを訪ねたときには、七十代ぐらいの女性が独りで住んでいたんですね」

「初老の女性は、二宮貞子です。その人が独りで住んでいたかは分かりませんが、貞子の息子の二宮旬とみどりという女性が出入りしていたのは間違いない。その二宮旬は、嵐山羅漢に隣接の一軒家を借りていて、そこへ彦根市で攫ってきた少女を閉じ込めていた。そして、もう一軒、左京区一乗寺の詩仙堂裏の空き家を借りていました」

赤木は、黒表紙のノートを手にして小仏の話をきいていたが、東京の若い女性を拉致して、身代金五千万円を奪った事件を思い出したといった。拉致した女性を奪い返すのに一役買った元警視庁捜査一課の刑事で現在は私立探偵の、小仏太郎のことも思い出した。

小仏と赤木が立ち話をしていると、ライトを手にした私服がやってきて、

「押し入れのなかのホトケさんは、嵯峨広沢の三《み》保《ほ》宗一郎《そういちろう》さんの可能性があります」

といった。

三保宗一郎は和菓子屋を営んでいた。五日前に東京の知人の息子である河北秀利が訪ねてきて、ポケットノートに書いたメモを見せた。そのメモの住所を訪ねたいと河北はいった。三保には、そこの見当がついたらしく案内しようといって、タクシーで出掛けた。だが、それきり三保は帰ってこないし、所持していたスマホも

通じないし、河北秀利もどこへ消えたのかもどってこなかった。そこで家人は警察に事情を相談した。家人は主人と河北が向かった先を知らなかった。主人は、「ちょっと出掛けてくる」といっただけで、地名もいわなかった。主人と河北がタクシーに乗ったのを家人は見たといったので、警察は市内の各タクシー会社に照会したが、分からずじまいだという。

白髪まじり頭の男性遺体は、嵯峨署に運ばれ、三保家の人に見せた。宗一郎の妻は一目見ただけで顔を両手でおおって、泣きくずれた。

三保宗一郎は首を紐《ひも》状のもので絞められていた。凶器に使われた物は幅一・五センチほどの布製で一本。前頭部の索溝《さっこう》は水平だが、後頭部で左右をめぐる索溝が同じ高さになっていなかった。つまり後ろから紐を掛けられて、強く絞められたのであり、加害者は男性らしいと判断された。

鑑識班は、指紋はもとより、掃除機を使って室内に落ちているはずの毛髪や爪《つめ》の欠片《かけら》などを拾ったが、それが意外に少なかったという。犯行は屋内で行われたようだが、加害者は警察に試料を拾われるのを知っていて、掃除機を這《は》わせたのではと考えられた。

押し入れのなかから発見された遺体は、三保宗一郎だが、一緒にタクシーに乗っていった河北秀利はどこへ消えたのか不明である。日はとっぷり暮れたが、竹林に囲まれた一軒家へもどってくる人はいなかった。

その家の家主が分かった。化野念仏寺の北側にあたる塀で囲んだ横芝《よこしば》という家だった。横芝家には子どもが四人いて、成長するとそれぞれが所帯を持った。そのうちの一組が竹林に囲まれた家に住んでいたが、べつの場所へ家を建てて出ていった。そのため一年あまり空き家になっていたが、半年ほど前に二宮という人がきて、家を借りたいといった。横芝家の人は一度だけ二宮という人が住んでいる家をのぞきにいった。すると七十代と思われる女性がいて、「息子夫婦と一緒に暮らしているが、夫婦は勤めに出ている」といったという。

辺りは真っ暗闇になって、竹林だけが生きもののようにザワザワと鳴った。風の加減なのか、人のすすり泣きに似た音がまじるようになった。その音のほうへ顔を向けた小仏は、一乗寺の一軒家を思い付いた。一時、岩倉麻琴が閉じ込められていた家である。河北秀利はそこへ連れていかれたことが考えられた。連れていったのは二宮旬とみどりにちがいない。

警察の捜査班は小仏から一乗寺の家のことをきいて、所轄署と連絡を取り合った。

一乗寺の家はすぐに分かり、屋内を見まわった。だがそこにはわずかな食品と寝具があっただけで、だれもいなかった。押し入れのなかものぞいたが、毛布が重ねてあるだけだった。

小仏とイソは、数名の警察官と一緒に竹林の垣根に寄りかかって一夜を過ごした。夜明け前は身震いするほど寒かった。イソは、こんな目に遭うとはと、愚痴をこぼしそうだったが、口を閉じ、腕で胸を囲んで押し黙っていた。

鳥の声が聞こえはじめて夜が明けた。頭上を灰色の雲が流れていた。天気が変わりそうだ。

三保宗一郎は、二宮旬に首を絞められて殺されたものと思われるが、遺体が放置された一軒家へはだれももどってこなかった。どこかとぼけているような二宮貞子を、旬とみどりは遠方へでも移したのか。

午前七時。竹林を背にして一夜を明かした警官と小仏らに、にぎり飯が配られた。経木《きょうぎ》に包まれたにぎり飯には奈良漬けが添えてあった。魔法瓶のお茶を飲んだイソは、咽《む》せて咳をして、胸を叩いていた。その格好を見た警官たちは笑った。表情を変えなかったのは小仏だけだった。

寝不足で赤い目をした警部補が立ち上がると、「竹林のなかをさがせ」と指示した。

全員が垣根をまたいだ。垣根が壊れているところもあった。枯れ葉を踏んで、緑の竹のあいだを蛇行した。二十分ほど経ったところへホイッスルが鳴った。厚く積もった枯れ葉の中に変化を認めたようだ。全員が笛の鳴ったほうへ進んだ。

枯れた竹の葉が山になっていた。その山から掌《たなごころ》を開いた腕が出ていた。厚く盛られた枯れ葉が取り除かれた。若い端正な顔があらわれた。その顔は撮影されて署に送られた。署は河北秀利の住所の所轄署へ写真を転送する。

鑑識係が若者の遺体を入念に検ているところへ、署から電話があった。写真の人物は河北秀利だという回答だった。

小仏とイソは、警官に並んで遺体を向くと、手を合わせた。

「なぜ、人を殺すんだ」

急にイソが吠《ほ》えた。

河北秀利は、この化野へ、二宮旬がなにをしているのかを見にきただけだったと思う。

二宮は竹林に隠れて、何者かが一軒家をさぐりにくるのを恐れていたのではないか。そこへ二人の男がやってきた。二宮は二人の前に立った。若い男は二宮に向かって、なにを職業にしているのかをきいたのだろうか。きかれた二宮は答えることができず、「うるさい。帰れ」とでもいったのか。それとも河北と三保は、「東京にいる人が、あなたの生活《くらし》向きを詳しく知りたがっているので」とでもいったのか。そういわれた二宮は、東京に住んでいる人が、ここを拠点の一か所にしていることをどうして知っているのかと疑っただろう。

それとも河北と三保が、二宮とみどりがやっていることをうすうす知って、ようすをうかがいにきたものと思い込み、三保宗一郎のスキを衝《つ》いて首を絞めた。それを見た河北秀利はその場から逃げようとしたが、二宮につかまったということではないか。

河北秀利の死因が分かった。彼は丸太のような凶器で腹と背中を強打されていた。

小仏は、二宮君恵に電話した。

「お気の毒ですが、最悪の事態になっていました」

「えっ。最悪の……」

彼女は声を詰まらせた。秀利からは五日も六日も連絡がなかったのだ。もしかしたら事故にでも巻き込まれているのではと案じていたにちがいない。

小仏は、地理に通じていない秀利を案内した和菓子屋の主人も、犠牲になったことを伝えた。電話には、彼女の苦しげな声だけがきこえていた。

4

新聞各紙には、京都化野の竹林に囲まれた一軒家内と、その竹林の中で、それぞれ男性が他殺死体で発見された事件が大きく載った。その記事には、彦根市と名古屋市内で若い女性が誘拐されて、京都市内で身代金が奪われた。攫われていた二人の女性は無傷で解放されたが、二人の女性を誘拐した犯人の行方は分かっていない。その誘拐事件と京都化野の殺人事件は、関連している可能性があると捜査当局はにらんでいる、となっていた。

イソは事務所で股《また》をひろげて新聞を読んでいた。

「この大事件の捜査に、おれたちがひと役買っていたことが、一言も載っていない」

イソは不満を口にした。

「それでいいんだ。誘拐事件や殺人事件の捜査に、おれたちが咬《か》んでいることが世間に知れたら、調査依頼はこなくなるんだぞ」

小仏は、行儀の悪いイソの足を蹴った。

「そうかなぁ」

「そういうものだ。少しばかりヤバいことを承知で、調査を頼む人がいる。うちが警察の捜査に協力していることが知れると、依頼人が調べられるんじゃないかと思われる。……重大事件の捜査に協力していることを、口にするんじゃないぞ。……おまえはライアンへいって、自慢話をすることがあるらしい。仕事に関することを、ペラペラ喋《しゃべ》るんじゃない」

小仏はスリッパで、イソの頭をひとつ叩いた。

小仏は、外出するためのショルダーを肩に掛けた。彼の外出に気付いたアサオが、「出掛けないで」というふうに足にからみついた。

彼は、神田の南星堂という出版社へいくことにした。二年ほど前に「六甲仁」というペンネームで、書き下ろしの小説本を出したのが二宮旬だと知ったからだ。その本の編集を担当したのが立川という女性だった。

小仏は南星堂の正面に着くと、灰色をした六階建てのビルを仰いだ。新発売の書名を書いた幕が二本垂れていた。

電話をしておいたので立川しのぶという編集者はすぐに出てきて、会議室のような長いテーブルのある部屋へ案内した。

「小仏太郎さん。小説の主人公にしたくなるようなお名前ですね」

と三十代半ばの彼女はいって、小仏の名刺をじっと見ていた。

彼女は、「読んであげてください」といって、「昔のことは忘れよう」「聴けば聴くほど」「あのときは、雨だった」というタイトルの三冊をテーブルに置いた。

「売れましたか」

「新人の作品としては、まずまずでした。『あのときは、雨だった』は、重版を検討したことがありました」

その本は、自分をモデルにしたらしい内容で、歌手になりたくて信州・伊那から上京し、作曲家の自宅に住み込んで、自家用車の運転から雑用までこなし、三年後にうたう曲を与えられる。作曲家の指導が実って、テレビの歌番組に出るようになるが、重い病気にかかり、作曲家からも見放されるという物語だという。

「六甲仁の二宮旬も病気が原因で、うたえなくなったんでしたね」

小仏がいった。

「そのようでした。歌をうたえなくなっても、文章を書く才能があるのですから、執筆をつづければいいのに……」

彼女はいって、軽く唇を噛んだ。

当然だが彼女は、京都で発生した殺人事件を知っていた。

「彦根市と名古屋市で、若い女性を誘拐して、身代金を奪っただけでなく、京都で殺人事件まで起こしているらしい。わたしは新聞を読んで、ほんとうに二宮さんが事件に関係しているのかしらって、首をかしげました」

「そんな大事件を起こすような人には、見えなかったんですね」

「ええ、痩せていて、ときどき咳をいくつもして、気弱そうな表情をする人でした。病気をしたために、歌手を辞めなくてはならなかったというのは、ほんとうだと思いました」

二宮旬はどこへ隠れているのだろうかと、彼女は身内を気遣うようなことをいった。

「二宮旬の写真はありませんか」

「ありません。著書のカバーにも写真は付けませんでした」

と彼女はいって、本の一冊を裏返した。

二宮旬の体格をあらためてきくと、身長は一六五センチぐらいで痩せていて、ハスキーボイスだといった。

「六甲仁さんの本のなかで、強く印象に残った個所がありました」

立川は、「昔のことは忘れよう」と紫色で書かれた本の表紙に手を触れた。

小仏は彼女の顔に注目した。

「実体験かどうかは知りませんけど、主人公の男の子が小学生のころの思い出の場面があります。その子の顔は、いつもどこかが紅く腫《は》れているんです。同級生がどうしたのかときくと、お母さんに殴られたと答えるんです。学校の先生は心配して、その子の家へ母親に会いにいく。すると母親は、『なんの用だ』とか、『うるせえ、帰れ』といったりする。母親は昼間から酒を飲んでいるんです。その母親はヤクザの娘でした。ある日、小学生の何人かがグルになって、男の子の母親を川へ突き落とすんです。突き落とされた川から這い上がってきた母親の、長い髪の貼り付いた顔は、この世のものとは思えなかっ

た、と書いています。……読んであげてくださ
い」

立川は、六甲仁の著書をあらためて小仏の前へ押し出した。

彼女の話をきいて小仏は、化野の竹林に囲まれた家のなかで会った二宮貞子を思い出した。何か所かの病院に入っていたとか、ときどき目がまわるなどといっていたが、根は太い神経の女性のように映った。話をしているうちに、奥の部屋に引っ込んで寝ていた。人を食っているような振る舞いをする女性だった。小仏は仕事柄、数えきれないほど大勢の人に会ってきたが、二宮貞子のような人に会ったのは初めてだった。

小仏は、六甲仁の著書三冊をバッグに入れ、じっくり読んでみますと立川にいった。


事務所にもどると、イソとエミコの前へ六甲仁の著書を一冊ずつ置いて、読後の感想をきくことにした。

三人は夕方までに三冊を読み終えた。三冊は小説風の仕立てだが、著者の伝記のような印象を受けた。この感想は、イソもエミコも同じだった。

「三作には、同じような女性が出てきますね。それは母親だったり、親戚のおばさんだったりですけど、同じような行為をする女性です。わたしは、この著者の母親ではという気がしましたけど、どうでしょうか」

エミコだ。

「おれもそう思った。叩いたり、物を投げつけ

たりするけど、温かい部分もあるよね」

イソは目をこすりながらいった。

『あのときは、雨だった』のストーリーのなかにこういう部分があった。

〈両親が離婚した。半年後、母親は、小学生の兄妹を家に残して、ある男のもとへ奔《はし》る。妹は、男から母親を取りもどしにいく。「お兄ちゃんが病気になった」と母にいう。「お兄ちゃんが怪我をした」「自動車に轢《ひ》かれた」などと子どもっぽい嘘をついて、母を引きもどそうとする。母は娘の頰を濡らしている涙を手で拭いて、いったん兄妹のところへ帰る。そして、ご飯を釜一杯に炊いて、また男の家へもどる。兄妹は、朝も晩も、生タマゴをご飯にかけて食べている〉

「上手《うま》くはないが、味がある」

小仏はいって、本を閉じた。

安間が電話をよこした。京都の化野念仏寺裏の家と竹林のなかで殺されていた男たちの着衣には他人の毛髪と血痕が付着していた。ＤＮＡ鑑定の結果、その毛髪と血痕は、二宮旬のものと断定されたという。

二宮旬とみどりと貞子は、一緒に行動しているような気がする。金を持っているので、働く必要がない。山奥へもぐり込んだか、都会の雑踏にまぎれ込んでいるのか。三人が、河北秀利と三保宗一郎殺しの事件にかかわっていることはまちがいない。人との接触をできるだけ避け、息を殺すようにして生活《くら》しているにちがいない。

小仏は、大塚病院へ二宮美鈴を見舞った。見舞いというよりも動静をうかがいに訪ねたのだ。

彼女は十二階の特別室に入っていた。その部屋にはバスとトイレがあり、ベッドからはなれたところに応接セットが据えられている。壁にテレビが付いているが、消えていて、彼女はベッドにすわって本を読んでいた。

小仏は、彼女の娘の君恵と知り合いになった経緯を話した。

「小仏さんのことは、君恵からきいています」

と、目を伏せるようにして、小さい声でいった。京都で、君恵の恋人だった河北秀利と彼を化野へ案内した三保宗一郎が殺害されたことも知っていた。

「君恵は、わたしの兄のことを、河北さんに話すのでなかったと、さかんに後悔していますし、責任を感じています。それから夜も眠れないといっています。きのうもここへきましたけど、顔色が悪く、しょんぼりしていました」

小仏は無言でうなずいた。

「あなたは、お兄さんの二宮旬さんが京都にいたことを知っていましたか」

背筋を伸ばした美鈴に小仏がきいた。

「京都に住んでいることは知りませんでした。兄は、母と一緒だとはいっていましたけど」

「お母さんの貞子さんは、あなたを見舞いにここへきたことがありましたか」

「ありません。母は病気がちだと、兄からきいていましたので」

京都での二宮旬は、みどりという女性と暮らしているし、行動を共にしている。それを知っているかと小仏はきいた。

「名前は知りませんでしたけど、身のまわりのことをやってくれている人はいるといっていました。わたしの知らない人です」

「旬さんは、結婚したことは……」

「離婚したのです。そのあと何人かの女の人とお付合いはしていたようですけど」

したがって、子どもはいないという。

小仏は、折りたたみ椅子を少しベッドに近づけた。

「貞子さんと旬さんは、京都からどこかへ移ったものと思われます。大事件を起こしたにちがいないので」

小仏がいうと美鈴は、胸で拳をにぎった。

河北秀利と三保宗一郎を殺害したのは、旬とみどりにちがいない。が、その前に、彦根市と東京の女性を誘拐して、身代金を五千万円奪っている。それを知っているか、と小仏は美鈴の蒼ざめた顔にきいた。

「誘拐、五千万円……」

美鈴は、拳を顎《あご》にあてて震え出した。

「河北秀利さんは、その事件を知って、化野の竹林のなかの家を訪ねてきたものと、旬さんとみどりさんは直感したにちがいない」

「兄はほんとうに、誘拐事件を起こしたのですか」

「ほんとうです。大きく報道されています。被害に遭ったのは、渋谷区の岩倉という家族です」

美鈴はテレビニュースを見ていないのか、口を半分開けて、胸に拳をにぎったまま、ベッドに倒れた。

第四章　夜の泥濘《ぬかるみ》

1

　石仏群の化野念仏寺裏の一軒家と、その家を取り巻く竹林のなかで男性が二人殺されてから一年が経《た》った。一軒家を住居にしていたらしい二宮貞子も、その息子の二宮旬も、みどりという気の強そうな女性も、煙のように消え、どこへいったのかまったく分からなかった。小仏は、二宮母子の出身地である長野県の駒ヶ根市へいって、三人に関する情報を集めたが、現住所を知っている人には出会えなかった。

　京都府警は全国に、三人の居所を突きとめる手配をしていた。二宮旬の写真は入手できたが、それは何年も前のもので、役に立つものであるのかは怪しかった。

　九月下旬の乾いた風が窓を叩いていた朝、小仏は、拾ったときよりひとまわり大きくなったアサオに餌《えさ》をやりながら、「おまえには苦労というものがないんだろうな」と話し掛けていた。

　デスクの電話が鳴った。ベルの音がいつもより大きくきこえた。午前八時五十分だった。

「有力な情報が入った」

　相手は警視庁捜査一課の安間。

「有力な……」

小仏は受話器をにぎった手に力をこめた。

「博多の繁華街で、石崎《いしざき》みどりを見掛けた人がいるんだ」

「みどりの名字は、石崎か」

「そうだ。彼女を見掛けた人は、高校の同級生で伊久間春江《いくまはるえ》という名。博多の中洲《なかす》でスナックを経営している女性。きのうの夕方、自分の店へ入ろうとしたところへ、石崎みどりが通りかかった。すぐにみどりだと分かったので、声を掛けて呼びとめようとした。ところがみどりは走り出して、道の角を曲がってしまったという。伊久間さんは、みどりがなぜ逃げるように走り去ったのかを不審に思って、一緒に店をやっている夫に話した。夫は首をかしげたが、一年前に京都市内で発生した殺人事件を思い出した。その事件の犯人は三人で、一人はたしかみどりという女性だったと、春江さんに話した。……

声を掛けたら逃げるように姿を消したみどりは、もしかしたら京都の殺人事件の関係者ではないかと夫はいって、交番へ駆け込んで、警官に、みどりという女性の不審な行動を話した」

と、安間は、なにかを読んでいるような話し方をした。

「石崎みどりという女性は、博多の出身なのか」

小仏がきいた。

「生まれは博多じゃないらしいが、みどりが高校生のころは、家族と博多に住んでいたんだろう。……小仏は」

安間はそこで言葉を切るとくしゃみをした。

「すぐに、博多へいく」

小仏はいうと、伊久間春江の住所と電話番号と、夫婦で経営しているスナックの名と所在地をきいてメモした。店の名は「アンダルシア」で、中洲四丁目だった。

エミコが出勤した。アサオは彼女の足にからみついた。

十分後、口笛がきこえ、イソが、「おはよう」といって入ってきて、靴を脱ぎながらあくびをした。

「博多へいくぞ」

小仏がイソにいった。

「博多って、九州の……」

「そう。福岡だ」

「きのうまで、博多のはの字もいわなかったのに」

「さっき、情報が入ったんだ。二宮旬と一緒に行動していたみどりが、博多にいそうだ。博多にいるらしい石崎みどりが、二宮と組んでいたみどりだとしたら、二宮旬と貞子も一緒じゃないかと思う」

「おれは、旅の支度をしてこなかった」

「旅の支度なんか。……おまえはなにを着ても似合わない。その格好で充分だ」

「けッ、服装のことまでケチを付ける」

羽田空港へはイソが運転する車に小仏とエミコが乗った。空港に着くとエミコが運転して事務所へもどる。

飛行機の窓ぎわの席にイソをすわらせた。イソは初めて飛行機に乗った人のように、窓に額を押しつけた。

　名古屋から徳島あたりまでは曇っていたが、福岡は晴れていた。小仏とイソは、航空機の滑走路が見えるレストランで食事した。

　小仏は伊久間春江に電話して、会えるかをきいた。彼女は意外な人からの電話に驚いたようだった。店を開けておくからといって中洲のスナック・アンダルシアの場所を丁寧に教えた。

　空港で拾ったタクシーは中洲の地理をよく知っていて、伊久間夫婦がやっている店の前で小仏とイソを降ろした。

　色白で小太りの春江は、コーヒーをたてて小仏たちを待っていてくれた。

　小仏はまず、昨夕、この近くで見掛けた女性は石崎みどりにまちがいないかと念を押した。

「まちがいありません。高校生のとき同じクラスでしたし、卒業記念の劇をやったとき、みどりとは仲良しの役を演《や》りました」

「高校卒業後、会ったことがありましたか」

「何回かは会いました。みどりは高校を卒業すると、市内の繊維関係の会社に就職しました。セールスのような仕事をしているといって、大阪や、名古屋や、東京へいくことが多いといっていたのを憶えています。……そのころわたしはレストランに勤めていて、その店へみどりが食事にきたこともありました」

　みどりの住所を知っていたかときくと、冷泉《れいせん》町《まち》に家族と住んでいたらしいが、その家へいったことはなかったという。

　春江とみどりは、二十五、六歳まで年に何度かは会っていた。春江は二十六歳で結婚し、その後みどりとは会っていないし、文通もなかった。ほかの同級生だった人にみどりのことをきいたことがあった。すると、家族とともに遠方へ転居したらしいといわれた。転居することを教えてくれてもいいのにと思ったが、そのあとはみどりのことを、ほとんど忘れていた、と彼女は語った。

きのうの夕方、この中洲で見掛けたみどりの服装を憶えているかと小仏はきいた。

「ベージュのような、グレーのような」

彼女は天井を見るような目付きをしていたが、

「下はたしかパンツでした」

といった。

この辺の飲食店にでも勤めているのではないかと、小仏は水を向けてみたが、春江は、「さあ」といっただけだった。

小仏とイソは、春江の高校時代のアルバムを見せてもらった。同級生の六人が写っているのがあって、そのなかでみどりだけが髪を長くしていた。彼女は眉《まゆ》が濃くて目が大きくて、顔のつくりは派手である。身長は一六〇センチぐらいだと春江はいった。

みどりが家族と一緒にこの福岡に住んでいたのなら、公簿で出身地を知ることができそうだ。小仏は安間に電話して十二、三年前の福岡市での住民登録を調べてもらうことにした。世帯主の名が分からなかったので「石崎みどり」で、と依頼した。

該当があった。福岡県博多区冷泉町で、世帯主は石崎賢吉《けんきち》。妻は真澄《ますみ》。長女しのぶ。二女みどり。岐阜県関《せき》市から転入となっていた。

小仏とイソが、春江からみどりについての話をきいているところへ、彼女の夫の伊久間が店へ入ってきた。背の高い人で、顎に鬚《ひげ》をたくわえている。

小仏は椅子《いす》から立って、伊久間に石崎みどりのことをきいていたところだといった。

彼は思案顔をしていたが、「関係があるかどうか」といって、ある歌手のことを話しはじめた。

「私はさっきまで、キングボックスというクラブをやっている湯島《ゆしま》さんに会っていました。……キングボックスでは十日ばかり前から男の歌手がうたっています。女性歌手がいたんですが、からだの具合が悪いといって休んでいるので、臨時に男の歌手を入れたんです。その歌手は、九条《くじょう》ひろしという名で、ハスキーボイスです。私は三、四日前にキングボックスでピアノとアコーディオンの伴奏でうたうその歌手の歌をききましたが、全身がしびれました。上手いというだけでなく、琴線に触れてくるものがあるんです。どうしてテレビなんかに出ないのか、不思議なくらいです。何年か前に二宮なんとかという歌手がうたっていた歌を何曲かうたいましたが、背中がぞくぞくするくらいでした」

「その歌手は何歳ぐらいですか」

「五十歳ぐらいじゃないかと思います。テレビから声が掛からないのは、顔立ちがよくないからかもしれません。目付きがキツいんです。時代劇で、主役に真っ先に斬《き》られる役が似合いそうな面相です」

その歌手は、きょうも出演するだろうかと小仏は伊久間にきいた。

小仏は、キングボックスの経営者の湯島に会ってみたくなった。

「ご案内します」

といった伊久間に、小仏とイソはついていくことにした。

クラブ・キングボックスは、ビルの二階だった。フロアは広かった。毎年、大相撲の九州場所が終了すると、関取の何人かが飲みにくるということ。開店前のフロアは薄暗くて、冷たい空気が澱《よど》んでいた。事務室はフロアの奥だった。

伊久間が電話をしておいたので、社長の湯島はソファに反って待っていた。六十代後半に見える大柄な男で、茶色地にグリーンの縞《しま》のジャケットを着ていて、小仏とは名刺を交換したが、機嫌をそこねたような表情をしていた。その表情の理由はすぐに分かった。

「さっき、九条ひろしから電話があって、辞めたいといわれました。どうしてかってきいたら、家庭の事情ですっていわれた。辞めるなら出演料をプロダクションに払わなくてはっていったら、後日、挨拶にうかがいますといった。……面倒だが、またべつの歌手を見つけなくては」

湯島は、苦虫を噛み潰したような顔をした。

小仏は、九条ひろしの芸名を使っていた歌手は、二宮旬ではないかと疑った。二宮だとしたら、彼がキングボックスに出演しなくなったことと、石崎みどりが中洲を歩いていて、かつての同級生の伊久間春江に声を掛けられたこととは、無関係ではないのではないか。

小仏は九条ひろしの住所を知っているかと湯島にきいた。下川端町《しもかわばたまち》のビジネスホテルだという。

博多は、石崎みどりがかつて家族と住んでいた地だ。そこにはみどりを憶えている人が幾人もいるのだから住みたくないところのはずだ。彼女とは夫婦のような間柄の二宮旬と、そこで暮らすのは墓穴を掘るようなものだ。それなのになぜ二宮旬はキングボックスのステージに立っていたのか。

その疑問を小仏は伊久間に話してみた。

「それは、本人の希望ではないはずです。彼はプロダクションを通じてキングボックスでうたっていたんです。九条ひろしが小仏さんのいう二宮旬だとしたら、博多は、いたくない土地だったでしょうね」

「二宮旬は、多額の現金を持っているはず。人前で歌をうたわなくても、暮らしていけるのに」

小仏がいった。

「働ける年齢の者が、仕事を持たずにぶらぶらしていたら、疑われます。それと、元歌手であっても、やはり人前で、うたっていたいのですよ」

伊久間は顎の鬚を撫でた。

2

石崎賢吉と真澄は、博多区内の千代《ちよ》へ転居していた。伊久間が知り合いをたどって、現住所をさがしあてたのだった。現在の賢吉はコンビニの店長をしていた。

六十歳の賢吉の髪は白く、目尻には深い皺《しわ》が刻まれていた。

「みどりさんにお会いしたいのですが、ご一緒にお住まいですか」

小仏は、ぎょろりとした目の賢吉にきいた。

「いいえ、一緒に住んではおりません」

「では、どちらにお住まいですか」

「京都にいるようです。京都ときいただけで、正確な住所は知りません」

賢吉は商品が並んでいる棚に腕を伸ばした。

「一年ほど前まで京都に住んでいましたが、ある事件をきっかけに、どこかへ移ったようです」

「ある事件とは、どんな事件ですか」

若い客が二人入ってきた。賢吉は女店員に目で合図し、控え室のようなところへ小仏とイソを招いて、椅子をすすめた。

「大事件です」

小仏は威《おど》すようないいかたをした。

「大事件……」

賢吉は大きい目をなお大きくした。右目の白目が黄色だった。

「約一年前ですが、大きく報道された事件です」

「一年前に京都で……」

賢吉は小仏をにらむように見てから、首をかしげた。

「京都に住んでいた二宮旬という男が、みどりという名の女性と組んで、彦根市と名古屋市内で女性を誘拐した。そして二回にわたって身代金を合計五千万円奪った。それから数日後、主犯の男の妹の娘が、親しくしていた青年に、母の兄は、京都でどういう仕事をしているのかを知りたいと話した。まさか女性を誘拐して身代金を奪った犯人とは知らなかった。……青年は京都へ出掛け、知人と一緒に、二宮旬の仕事や生活《くらし》振りを調べにいった。だが、二人は二宮旬とみどりが出入りしていた化野念仏寺裏で、首を絞められたり、殴られたりして殺された」

「思い出しました。その事件は新聞に何日もつづいて載っていました。私の家内も新聞を読んで、世の中には恐ろしいことをする人がいるものだといっていました。……その二宮なんとかという男と組んでいたみどりという女が、私の娘のみどりだというのですか」

賢吉の額が赤みをおびた。にぎった拳が震えている。

「石崎みどりさんです。先日の夕方、中洲でスナックをやっている伊久間春江さんが、みどりさんを見掛けた。何年も会っていなかったが一目でみどりさんだと分かった。それで春江さんは声を掛けた。するとみどりさんは逃げるように足を速めて、道の角を曲がってしまった。高校で同級生だったし、仲よしだった春江さんが呼んだのにです。みどりさんは、知り合いの人には会いたくなかったんです。……春江さんは、京都での大事件を知ってはいましたが、まさか石崎みどりさんが関係しているとは思っていなかった、といっています」

小仏は、みどりは中洲を歩いていたのだから、その近くに住んでいるのではないかといった。

賢吉は、みどりが博多に住んでいれば、それを知らせるか、立ち寄るはずだ、といった。それをしないみどりは、京都での事件を両親も知っていると思い込んでいるからだろうか。

賢吉は口に手をあてた。自分と妻は、警察に監視されていると気付いたらしい。

石崎みどりは、なぜ中洲を歩いていたのか。中洲のどこかで働いているのか。いや、そうではないだろう。キングボックスでうたっている九条ひろしに会いにいく途中だったか、会ったあとだったような気がする。会いにいったのだとしたら、九条ひろしは二宮旬の芸名であって、二宮とみどりは現在一緒に住んでいないということも考えられる。

これまで分かったことを小仏は、安間に電話で報告した。

「博多の警察は、石崎賢吉と真澄の動向を注意しているが、みどりが接触したようすはなかった。みどりは十年以上、両親と連絡を取り合っていないし、近寄ってもいないらしい。これからも接触しないだろう」

安間は冷めた声でいった。

下川端町の六階建てのビジネスホテルはわりに新しそうに見えた。フロントの女性に九条ひろしは滞在しているかをきいた。

九条ひろしはそのホテルに二週間滞在していたが、一昨日、チェックアウトしたといわれた。訪ねてくる人がいたかときくと、

「それは分かりません」

といわれた。

九条ひろしはチェックインの際、住所を記入しているはずだったので、博多署員に、宿泊カードを見てもらった。

住所は、東京都文京区目白台《めじろだい》五丁目となっていた。目白台の所轄は大塚署だったので、九条ひろしの住所をさがしあててほしいと依頼した。

すると、

「目白台は三丁目までしかありません」

といわれた。カードには〇九からはじまる電話番号が記入されていた。その番号へ掛けてみた。現在使われていない番号だった。

九条ひろしが二宮旬であったなら、正確な住所や電話番号を記入しないだろうと予想していたが、それがあたっていた。

九条ひろしの写真は、博多のプロダクションからもキングボックスからも手に入った。

小仏とイソは、その写真を手にして京都へ移った。嵐山羅漢隣接の家の家主である豆腐料理店の主人夫婦に、写真を見せた。

「あの家を借りにきたのは、この人です」

女将が写真を見て答えた。家を借りるのは短

期間だといったので、氏名、住所、電話番号だけを便箋に書いてもらったといって、それを見せた。氏名は「山寺弘《ひろし》」、住所は「東京都文京区目白台五丁目」、〇九ではじまる電話番号が、右肩下がりの字で書かれていた。それをコピーしてもらった。

化野念仏寺裏の家の持ち主にも九条ひろしの写真を見せて同じことをきいた。その家主には、二宮という名前で東京・文京区の住所と電話番号を書いていた。

詩仙堂裏の小ぢんまりとした家の持ち主には、九条弘の氏名と同じことをいって、家を借りていた。

詩仙堂裏の家の家主は、九条弘が歌手であることを知らなかった。

「そういわれてみると、九条弘は芸名のような名だ」といった。

九条弘とみどりと貞子は、借りていた家を退去するさい、どの家主にも挨拶をしていなかった。家のなかには使っていた物を残さず、床に掃除機を這わせて出ていったようだ。行き先は不明。分かっていることは、五千万円の現金を持っているということである。

九条弘や九条ひろしを名乗ることのある二宮旬は、東京・豊島区南大塚の都立大塚病院を訪ねる可能性が考えられる。そこには妹の二宮美鈴が入院しているからだ。彼は妹思いらしく、美鈴とその娘の君恵の生活を支えてやっているらしい。

　そのことを小仏は、安間に伝えた。すると安間は、大塚病院の所轄の巣鴨《すがも》署へ連絡して、署員を張り込ませるといった。

　だが二宮旬は、大塚病院へは近寄らないだろうとも思われた。なぜかというと、二宮君恵と親しくしていた河北という若い男が、地元の男と一緒に竹林に囲まれている家にやってきた。それを見た二宮旬は河北に、「どこのだれだ」ときいただろう。きかれた河北は、「二宮君恵さんが、あなたがどんな仕事をしているのか心配している」とでもいったのではないか。きかれた二宮旬は答えに詰まった。あるいは、「話すことはない。帰ってくれ」とでも答えた。大きな事件を犯しているので、少しでも疑われたくない。たぶん河北は、「わざわざ訪ねてきたのだから」とか、「君恵さんに詳しく説明してあげたいので」などといっただろう。

　二宮旬は、河北が納得するような説明ができなかった。そのようすから河北は二宮旬の動向に疑いを抱いた。二宮旬が普通の会社員でないことを感じ取ったにちがいない。職業を明確に説明できない胡散臭《うさんくさ》い人間と見てとった。なにをやっているのか分からないが、妹を病院の特別室に入院させ、妹の娘を私立大学に通わせている。それができるのだから高収入を得ているにちがいないとでも河北はいったのだろう。

　二宮旬は、突如訪ねてきた二人を帰すわけにはいかないと決めて、一人の首を紐で絞めて殺し、竹林に逃げ込んだ一人を棒で叩いて殺害したのだろう。あるいは、訪ねてきた二人は、二人の女性を誘拐して、身代金を奪った男と、二宮旬をにらんでいたのかもしれない。

二宮旬は、化野念仏寺裏の家で寝起きしていた母親をどこかへ移し、家を掃除して姿を消したが、ときどき物陰からようすをうかがっていたにちがいない。

重大事件の犯人は、常に周囲に目を光らせているし、小さな物音にも耳を欹《そばだ》てているのだ。

「五千万円、取り返したいな」

急にイソがいった。「ろくでもない野郎が大金をせしめた。なにに使うつもりか。ただ金が欲しかっただけか」

「事業をはじめるわけにはいかない。はじめたとしたら、資金の出所を疑われる」

小仏はイソの頭に冷たい水を掛けてやりたくなった。

「すると、旨《うま》い物を食って、ぶらぶらしている」

「それも怪しまれる。ぶらぶらしてても生活費はかかるんだ。おまえがもし、仕事を持たずにぶらぶら、ごろごろしてたら、サツに後を尾けられるだろうな」

「どうして……」

「交番の横に写真や似顔絵が貼られている、指名手配中の犯人に似ているからだ」

「よくいうね。指名手配中の犯人には、所長のほうが似てると思うけど」

そういってイソは笑いかけたが、真顔にもどり、

「石崎みどりは、派手なつくりの水商売向きの

顔をしてたって、博多のスナックのママはいっていたよね」

といった。博多のスナックのママとは伊久間春江のことだ。

イソは、ボールペンを指にはさんで、くるくるまわした。なにかを思い付いたらしい。

小仏とエミコは、首をかしげたイソの顔を見ていた。

「中洲の春江さんから石崎みどりの写真を送ってもらおう」

イソがいった。

「みどりの写真か。……なにか心あたりでもあるのか」

小仏がきいた。

「女性を誘拐して五千万円奪って、一年経った。二宮とみどりは、そろそろなにかを始めようって考えてると思う」

「おれもそう思う。みどりの写真がどうして必要なんだ」

「みどりは、どこかの繁華街で、水商売を始めるんじゃないかって気が付いたの。ひょっとしたら、もう始めているかも」

「だとしたら、そこを突きとめたいが……」

小仏は天井を仰いだ。繁華街は全国いたるところにある。みどりの写真を手にしても、それをどう使ったらよいものか。

3

小仏は、博多区中洲でアンダルシアというス

ナックをやっている伊久間春江に電話した。石崎みどりの写真が必要になったというと、

「いくつもありますので、小仏さんのスマホへ送ります」

といった。
十五、六分すると写真が二点送られてきた。春江が電話をよこして、送った写真は、みどりが二十五、六歳のときのものだといった。目鼻立ちがよく、美人の類《たぐい》に入る器量である。現在は三十四歳だが顔立ちはほとんど変わっていない、と春江はつけ加えた。
「みどりの写真が手に入った。これを、どう使うんだ」

小仏はイソにきいた。

「みどりが、岐阜県関市の出身だということで気が付いたんです。岐阜市にはわりに広い繁華街がある」

「岐阜市の繁華街といったら柳ケ瀬《やながせ》だな。そこで水商売でも始めているんじゃないかって、気付いたんだな」

「その通り」

イソは自信ありげな返事をした。

「よし。あした岐阜へいってみよう」

最近オープンした店があるとしたら、そこは聞き込みで分かりそうだ。


小仏とイソは列車で岐阜へ向かった。繁華街での聞き込みは夕方からにして、金華山《きんかざん》を眺めながら岐阜市の中心街を歩いた。名鉄岐阜駅から歩いて五、六分のところに円徳寺《えんとくじ》という織田

信長ゆかりの浄土真宗の寺がある。小仏は何年か前に岐阜へきたことがあったが、時間の都合でお寺には立ち寄れなかった。円徳寺へいってみようというと、イソは、

「去年は京都で、いくつものお寺を見たじゃない。お寺はどこも同じようなもので、面白くもなんともない」

といって、曇った空を仰いだ。

「おまえは無趣味だし、偉人や歴史にも興味がない。おれと一緒に名刹《めいさつ》を見たくないなら、そこに立ってろ。ひょっとしたら不審者と見られて、警察官にバン掛けされるかもな」

「なんちゅうことを。いくよ一緒に、そのなんとかいう寺へ」

寺伝によると円徳寺は「加納《かのう》の浄泉坊《じょうせんぼう》」といって、上加納（現・長旗町《ながはたちょう》付近）にあったものが、近世初期に現在地へ移された。岐阜（井ノ口《いのくち》）へ入城をはたした織田信長は、一五六七（永禄十）年、城下町の振興をはかるため、旧来からあった円徳寺寺内楽市場をあらためて認め、商工業民の自由な活動を保障するための制札《せいさつ》をだした。

円徳寺境内には信長寄進の梵鐘《ぼんしょう》や、信長の父信秀が稲葉山《いなばやま》城の斎藤道三を攻め、大敗したさいの死者を葬った伝織田塚改葬地などがあった。

陽がかたむいて、灰色をしていた雲を紅く染めはじめた。イソは両手を空に上げて、大あくびをした。

二人はネオンが光りはじめた柳ヶ瀬の盛り場を歩いた。自転車で氷を配っている青年を呼び

とめて、この一年ぐらいの間にオープンした酒場があるかをきいた。

「何軒かはあります」

青年は、自転車にまたがったままいった。

「石崎みどりという人が始めた店がありますか」

「知りません。詳しいことは『ことぶき』というクラブの店長にきいたらどうでしょう」

と教えてくれた。ことぶきは、目と鼻の先だった。厚いドアを開くと、ワイシャツの袖をまくった若い男が二人、開店準備をしていた。店長に会いたいと小仏がいうと、若い男は奥へ声を掛けた。縁なしメガネを掛けた四十歳ぐらいの男が出てきた。細い目が鋭く光っている。この店の店長で高松《たかまつ》だと名乗った。

「石崎みどりという人がやっている店がありますか」

小仏は名刺を渡してきいた。

「石崎みどり。きいたことがあるような名ですが……」

小仏の名刺をつまんだ店長は、小仏とイソの風采《ふうさい》をうかがうような表情をすると、尻ポケットからスマホを取り出して、背中を向けて電話した。低い声で短い会話をして、「ありがとう」といって電話を切った。

「ここから百メートルばかり東へいった右側に、空色のビルがあります。そのビルの三階に、半年ばかり前にオープンした『マリンバ』というスナックがあります。そこをやっている人が石崎という女性です。みどりは漢字だそうです」

といってから、

「石崎という女性の居どころでもさがしていたんですか」

ときいた。

「そうです。石崎みどりは、関市の出身ですので、この柳ヶ瀬にいそうだとみて」

「探偵さんが居どころをさがしていた。目的は、なんですか」

「ある事件に関係した人ではと」

「事件。どんな事件なんですか」

「私たちがさがしていた石崎みどりかどうかを、確かめてからお話しします」

店を出ると、バーかクラブへ出勤するらしい女性が何人も歩いていた。

「珍しいことに、おまえの勘があたっていたようだな」

「ほめているの。……マリンバってなんだっけ」

「金属製の木琴に似た楽器」

空色のビルはすぐに分かった。

マリンバのドアは、錆《さ》びた鉄のような色をしていた。色ちがいのドアが通路に五つ並んでいる。マリンバの店内には二十歳《はたち》ぐらいの細身の女性だけがいて、テーブルを拭《ふ》いていた。

「いらっしゃいませ」

彼女はいったが、小仏たちが客には見えなかったらしく、眉《まゆ》を寄せた。

「こちらのママは、石崎緑という名ですね」

小仏がきくと、女性は黙ってうなずき、逃げるようにカウンターのなかへ入った。

「ママは、何時に出てきますか」

「七時半ごろですけど、電話しましょうか」

「いや。電話はしないでください。ママがくるのをここで待ちます」

入口のドアが開いて、「おはよう」といって小柄な女性が入ってきた。カウンターの前に大きい男が二人いたので、「いらっしゃいませ」と低声でいって、着替えをするらしくドアのなかへ消えた。

また一人、若い女性が入ってきた。細身の色白で、二十代前半に見えた。

薄い物を着た三人のホステスがカウンターの内側に並んだ。三人とも器量がいい。顔立ちのいい人をママが選んだにちがいない。

「ビールでも召しあがりますか」

開店準備をしていた女性が小仏にきいた。

「いや。なにも出さないでください」

小仏とイソは、ボックス席の椅子に腰掛けた。三人のホステスは暗い顔をしている。ピンク色のドレスに着替えた色白の女性は、寒さをこらえるように胸を押さえた。

客が二人入ってきた。常連客らしい。小仏とイソは店の外へ出た。通路でママの出勤を待つことにした。

「濃いめの水割りを、ぐぐっと一杯飲《や》りてえな」

イソがいった。小仏はなにもいわず、ポケットのなかのボールペンをいじっていた。

「冷てえな。寂しいよ、おっかさん」

イソが両手をズボンのポケットに突っ込んだ

ところへ、白いスーツの女性が、鉄錆色のドアに手を掛けた。茶色の髪がチカチカと光っている。白い靴の踵《かかと》は細くて高い。大きめのバッグはクリーム色だ。

「石崎さん」

小仏が彼女に一歩近寄った。彼女はドアを開けず、小仏に顔を向けた。眉を長く描いている。目は大きく、鼻は高い。いい顔立ちだが、表情は険しい。

「石崎みどりさんですね。こちらでは漢字の緑を使っているらしいが」

「あなたは……」

「京都の嵐山羅漢横、嵯峨の化野念仏寺裏、詩仙堂裏の一軒家を見てまわった小仏太郎という者です」

「京都のそこがどうしたんです。わたしには、なんのことなのか、さっぱり」

「さすがはいい度胸をしている。もしかしたら、化野念仏寺裏の竹林で、男を始末したのは、あんたでは」

「なんのことか。石崎なんていう姓の人は、全国にいっぱいいる。人ちがいしてるんでしょ。こんなところで妙なことをいわないで。営業妨害よ」

「警察を呼べば」

男が三人やってきた。緑はその男たちに笑顔を向け、「いらっしゃいませ」と、小仏たちにきこえるようにいうと、男たちと一緒に店内へ入ってしまった。

小仏たちはどうすることもできない。警察を呼んで説明して、捕まえてもらうしかないと、イソと話し合った。五、六分経つと、先に来店していた男の二人連れが店を出てきた。「あら、もうお帰り」緑はそういうと、二人をエレベーターの前まで送るようだった。小仏とイソは、マリンバのドアの前に立っているわけにはいかないので、五、六メートル後ずさりした。

エレベーターの前で客を送ったはずの緑だったが、もどってこなかった。

「しまった」

小仏は小さく叫んだ。歯ぎしりしながら階段を駆け降りた。が、ビルの出入口付近に緑の姿はなかった。

「逃げられた」

小仏は、イソを叱《しか》るようないいかたをした。

店へ引き返して、ピンクのドレスのホステスの耳に、ママの住所を知っているかときいた。彼女はうなずいたが、「正確な番地までは」とつぶやくと、更衣室に入って小さなノートを手にしてきた。ノートを開いて石崎緑の住所であるマンションの名を口にした。そこは店から歩いて十分ほどだという。

小仏は、彼女がいった住所をノートに控えると、礼をいって、店を飛び出した。カウンターに並んでいた三人の客は、「なにがあったのか」とホステスたちにきいているだろう。

石崎緑の住所は、タイル張りのマンションの四階だった。インターホンのボタンを押したが、応答はない。エントランスの集合ボックスをのぞいたが、なにも入っていなかった。

小仏とイソは、マンションの入口を一時間ばかりにらんでいたが、石崎緑はもどってこなかった。

小仏は四階へのぼり直すと、石崎みどりの隣室のインターホンに呼び掛けた。白いシャツを着た四十歳ぐらいの女性がドアを開けた。

「夜分にすみません。お隣の石崎さんのことをうかがいたいのですが」

と、小仏は姿勢を低くしてきいた。

その女性の観察によると、石崎緑は独り暮らしのようだが、たまに男性が訪れている、といった。

「その男性は何歳ぐらいですか」

「中年です。五十歳ぐらいではないでしょうか。ベランダに出て、遠くを眺めているような格好をしています」

「それは、日曜とか祝日ですか」

「平日のこともあります」

その男の体格をきくと、普通というか、やや小柄なほうだという。

それをきいて、緑を訪ねているのは二宮旬だろうと思った。二宮旬と石崎みどりは一緒に住んではいない。だが二宮らしい男がたまに訪れていることから、彼も岐阜市内に住んでいそうだ。彼は母親の二宮貞子と同居とも考えられる。

二宮旬は、全国に指名手配されている人間だ。化野念仏寺裏の一軒家と竹林のなかで、二宮たちの生活《くらし》かたを見にいった河北秀利と三保宗一郎を殺害したものとにらまれている。その前に、二人の女性を誘拐して、五千万円を奪い取っている。その犯行は、二宮旬と石崎みどりが考え出したやり方のようだが、もしかしたら貞子の知恵も加わっているのかもしれない。

4

小仏とイソは、一晩中、石崎緑の住まいのあるマンションを張り込んだが、彼女は帰宅しなかった。彼女がやっているマリンバというスナックへももどってこなかった。

「石崎みどりは、住まいも、店も、棄《す》てたのかも」

小仏は目をこすりながらいった。

「棄てた……」

イソは、ガムを噛んでいる。

「もう、いずれへも、もどらないつもりじゃないかな」

「住むところがなかったら、困るんじゃ」

「二宮旬が住んでるところへ、転がり込んだような気もする」

二宮旬と貞子は、岐阜市内に住んでいるのだろうか。小仏とイソは、二宮旬か貞子の住所をさがしあてるにはどうするかを話し合った。

夕方まで待って、マリンバの三人の女性から話をきくことにした。

イソが、レンタカーを調達してきた。二人は車のなかから、マンションの出入口を見ていたが、いつの間にか眠り込んでしまった。

小仏が目を醒《さ》ましたのは午後一時。イソは口を開けて眠っていた。

小仏はコンビニをさがして、にぎり飯とお茶を買ってきた。イソは小仏が買い物にいったことにも気付かず眠っていたようだ。マリンバが入っているビルの近くへ移動した。

午後六時半、マリンバのホステスの一人が出勤した。三人のうちでは最も小柄の人だ。小仏が店へ入っていくと、彼女は警戒するような目付きをした。名をきくと、麻里《まり》だと答えた。

「ゆうべ、ママは店にもどってきましたか」

小仏は目を細めてきいた。

「お客さんを送っていったきり、もどってきませんでした。お客さんと一緒にどこかへ飲みにいって、酔い潰れてしまったんじゃないかって、三人で話しているうちに、心配になって、電話しました。するとママは、気分が悪くなったので家へ帰って寝《やす》んでいいました。午後十一時半になったので、またママに電話して、店を閉めるのを断わりました」

麻里は、緑のいったことを少しも疑っていないようだった。

小仏は、昨夜のママは自宅へ帰らなかった、と話した。麻里は、小仏のいうことが信じられないらしく、眉を寄せ、首をかしげた。

のぶえという色白のホステスが出勤した。麻里は、小仏のいったことをのぶえに話した。のぶえも、小仏の話を信じなかったようで、上目遣いに彼の顔を見つめた。

春海《はるみ》というホステスが、「ご免なさい。遅くなっちゃった」と、駆け込むように入ってきた。麻里は春海にも、小仏のいったことを話した。

「家へ帰らなかったなんて、信じられません」

春海はそういって、スマホを取り出してママに電話した。

「おかしい」

春海は自分のスマホをにらんだ。ママの電話は電源が切られていた。

石崎緑と名乗っていたみどりは、もうこの店にも、歩いて約十分のマンションにももどってこないだろうと小仏は想像したが、三人のホステスにはそれを口にしなかった。三人は、石崎みどりが二宮旬という元歌手と手を組んで、女性を誘拐して、大金を奪ったことも、京都での殺人事件に関係していそうなことも知らないのだ。二宮旬も石崎みどりも、人目を忍んで生きている。それを知ったとしたら、彼女たちはこの店には勤めていないだろう。

三人連れの客が入ってきた。一人は三十代に見える女性だ。三人とも常連客らしく、顔の大きい男が麻里の名を親しげに呼んだ。


小仏とイソは、もう一晩、石崎緑の住まいのあるマンションを張り込むことにした。

小さな店でカレーを食べて、車にもどった。イソは運転席に乗ったが、すぐに目を瞑《つぶ》った。

「眠るんじゃない。張り込みなんだぞ」

マンションの裏側へまわった。緑が帰ってくれば窓に灯りが映るはずだ。

「眠らないと、おれは死ぬよ」

「いいよ、死んでも」

「おれはつくづく不運な星の下に生まれた男だ

って思うことがある。小仏太郎と知り合わなかったら、バラ色の人生を送っているにちがいない。氷のように冷たい心を持った男にコキ使われているために、死ぬこともできない日々を送っている」

「おまえが毎日、くちゃくちゃ嚙んでるのは、普通のガムじゃなくて、危険薬物なんじゃないのか」

「ぷうっ」

イソは横を向いて、ものをいわなくなった。

真夜中の午前二時すぎ。マンションの四階の石崎緑の部屋の窓に薄い灯りが映った。石崎緑を名乗っている女が帰ってきたらしい。人目を忍んで帰宅を真夜中にしたのだろう。

小仏とイソは、四階の彼女の部屋の前へそっと立って、ドアに耳をつけた。小さな物音がきこえた。ドアノブに手を掛けてみたが、施錠されていた。

インターホンのボタンを押した。内側からドアミラーをのぞくにちがいないので、ドアからはなれた。十分ばかり経つとドアが少し開いた。隙間《すきま》から灯りが点いている通路をうかがっているらしかった。真夜中にインターホンを押した者がいるのだから、その正体を知ろうとしているにちがいない。小仏とイソはドアをにらんでいた。

ドアが半分ほど開いて、スニーカーを履いた足がのぞいた。首を突き出した。その頭はお下げ髪だった。緑の変装でないことはすぐに分かった。

黒い鞄を提げてドアを出てきたのは十代に見える女性だった。男が左右から近づいたので、女性は棒を飲んだように動かなくなった。

「あんたはだれだ」

小仏がきいた。が、明らかに少女に見える女性は答えず、震えはじめた。目は細く顎がとがっている。

「石崎さんに頼まれてきたんだね」
十六、七歳に見える彼女は、上目遣いに小仏を見てうなずいた。
彼女はからだの向きを変えると、ドアを施錠した。重たそうな鞄を胸に抱えた。

「石崎さんに、その鞄を持ってくるようにと、頼まれたんだね」

彼女はまたうなずいた。

「その鞄は重たそうだが、なにが入っているのか、知っていますか」

「知りません」

彼女はかすれ声で答えた。

「その鞄は、どこにあったの」

「洋服ダンスのなかです」

「洋服ダンスを開けて、そのなかに入っている鞄を持ってくるようにといわれたんだね」

「はい」

「あなたと石崎さんは、どういう間柄なの」

「石崎さんがいる家の近所です」

「石崎さんがいる家。それはどういう家。なんていう家」

「九条さんという家です」

「九条……」

小仏は首をひねったが思い出した。博多の中洲のキングボックスというクラブの社長にきいた歌手の名だ。歌手の九条ひろしは二宮旬だ。彼は七日か八日、クラブのステージに立っていたが、急に家庭の都合を理由に辞めたという。その歌手の歌をきいた伊久間は、全身がしびれたといっていた。

「私はね、石崎さんに用事があって、会いにきたんです。小仏太郎という名の私立探偵だ。夜の商売をしている石崎さんの帰りを待っていたんです。部屋に灯りが点いたので、てっきり石崎さんが帰ってきたものと思った」

その石崎緑は自宅へ帰らず、少女を使った。石崎緑と少女は親しい間柄ではないらしい。

「あなたは石崎さんにお金をもらって、この真夜中の使いを引き受けたんですね」

彼女は少しのあいだ黙っていたが、小仏がきいたことを認めた。

「真夜中なのに、よくここが分かったね」

「地図を描いてもらったので、昼間のうちに見ておきました」

自宅はここから近いのかときくと、西岐阜駅の近くだと答えた。歩いて二十分ぐらいだという。

小仏は、彼女の名をきいた。花沢奈保《はなざわなほ》と答えた。こんな真夜中に人の使いをするなんていったら、家族は心配しただろうと小仏は歩きながらきいた。

「母には話してきました」

「石崎さんは、どうして自宅に帰らず、九条という人のところにいるのか」

「分かりません。ヘンだとわたしは思いましたけど、お金をもらえるので……」

「あなたの家族は」

「母と弟です」

「お父さんは」

「わたしが小学五年生のときに、病気で亡くなりました」

鞄が重そうなので、代わりに持ってあげると小仏がいうと、

「大丈夫です」

彼女はそういって、鞄を抱え直した。

小仏は、革製の大きな鞄の中身に関心があった。衣類などではなさそうだ。

十分ばかり歩いたところで、彼女は鞄を地面に置いた。腕が疲れたらしい。

イソは、地面に置かれた鞄をじっと見ていたが、鞄が放つ芳香に誘われたように、「ちょっと」とつぶやいて、鞄のファスナーを半分ほど裂いた。白いタオルに包まれた物がのぞいていた。イソはタオルの端をつまんだ。

「おおっ」

彼は妙な声を出して鞄に目を近づけた。そしてもう一度、唸《うな》った。鞄の中身は化粧品と札束だった。数えるわけにはいかないが、ゆうに一千万円はありそうだ。イソは慌てたようにファスナーを締めた。

石崎緑は、危険なことを少女にさせたものだ。真夜中に、少女が黒くて重い鞄を抱えて歩いていたら、それを見て奪おうとする者がいたかも

しれない。その鞄は、目には見えないが、芳香と怪しい光を放っているのだ。

花沢奈保が「九条」といった家に着いた。古そうだが、がっしりとした造りの二階建てだ。玄関に表札は出ていない。彼女はインターホンのボタンを押した。小仏とイソは、ドアスコープの視界から離れた。

約三分経ってからドアが三分の一ほど開いた。奈保は玄関へ入らず、鞄だけをドアのなかへ押し込んだ。小仏はドアへ手を掛けようとしたが、閉められてしまった。ドアを叩いたが開かなかった。インターホンのボタンを押した。が、応答はなかった。午前二時四十分だった。

鞄を玄関内に押し込んだ奈保は、役目を終えたからか、駆け足になった。イソは彼女の後を追ったが、すぐにもどってきた。彼女の家を確認できたからだ。

小仏とイソは、奈保が玄関ドアのなかへ鞄を押し込んだ家から十メートルばかり離れたところに立った。奈保が「九条」といった家には石崎緑がいるにちがいない。九条を名乗っているのは二宮旬だ。だが奈保は、男の人を見たことがないという。そこには妙に肝がすわっているような二宮貞子がいるのではないか。

「石崎緑と名乗っている女は、どうして二宮旬や貞子と一緒に住んでいないんだろう」

イソはガムを嚙みながら、白みはじめた空を向いていった。

「三人は、全国に指名手配されているからだろう。……現金を入れた鞄が手に入ったので、みどりは、べつの土地へ逃げるんじゃないか」

小仏は、なにか食わせろと騒いでいる腹をさすった。

「マリンバをどうするんだろう」

イソがいった。

5

小仏の観測はあたって、次の日も石崎緑はマリンバへ出てこなかった。経営していた店を棄てるつもりらしい。住居にしていたマンションの部屋にももどってこなかった。西岐阜駅近くの二階建ての家にとじこもっているのだろうか。

小仏とイソは、花沢奈保がいった九条という人が住んでいる家のインターホンを何度も鳴らしたが、応答する人はいなかった。インターホンが鳴るたびに、屋内にいる人は息を殺して玄関ドアのスコープをのぞくのではないか。住んでいる人は二宮旬と貞子と石崎みどりだろうと思われる。三人は、小仏とイソの顔を知っている。なので、会おうとしないのだろうか。

安間にそのことを報告した。安間は岐阜の警察に、「女性を誘拐して、身代金五千万円を奪った犯人は岐阜市内に居住している」ことを通達した。

警察官が十人やってきた。彼らは小仏が指差した二階屋へ押しかけて、ドアを叩いた。まったく応答がないので、その家の持ち主にあたった。持ち主は近くの味噌《みそ》・醤油《しょうゆ》の販売店。店主は警察官の話をきいて目をむいた。店主がインターホンを押したが応答がなかった。そこで合い鍵を使ってドアを開けた。

屋内は、風が吹き抜けたようになにも残っていなかった。住んでいた者は、小仏たちが玄関を見張っているあいだに、裏口からそっと出て、姿を消したのだろうか。

警察官は、マリンバの三人のホステスに、石崎緑から連絡があったかをきいた。

「ママは出てこないし、まったく連絡がありません」

ホステスたちは頬《ほお》に手をあてて不安を露《あら》わにした。店は繁昌《はんじょう》とまではいえないが、常連客が増えつつあるという。その状況はママの緑にも分かっていたはずである。

「この店、どうしたらいいでしょうか」

麻里というホステスが警察官にきいた。

「三人で、このまま営業していればいいでしょう」

ほかの二人のホステスもうなずいた。水商売が嫌いではないらしい。

小仏とイソは、九条と名乗っていた男が住んでいた家を、三晩張り込んだが、灯りは点かなかった。

「もうこの家にはだれももどってこない」

小仏はいって、疲れきったような顔のイソと一緒に東京の事務所へ帰った。

「あしたは休んでいいぞ」

小仏がイソにいった。

「あしただけ……」

「不満なのか」

「四、五日休みたい」

「そうか。じゃ一か月でも二か月でも休むといい」

「極端だよ。まるで辞めろっていってるみたい」

小仏は返事をせず、アサオの頭を撫《な》で、エミコにコーヒーを頼んだ。

エミコは笑いながら、イソの前にも湯気の立ちのぼっているコーヒーを置いた。

九月末日。夕陽が小仏探偵事務所の窓を紅く染めたとき、安間が電話をよこして、「小仏。事件だ」といった。「事件だ」といったわりにはその声は小さかった。

「富山湾で、人が浮いているのを漁船が見つけて、すくい上げた。それは男性で、死亡していた。その男のズボンのポケットには小型船舶操縦士免許証が入っていて、氏名は二宮旬」

「二宮旬……」

小仏はその名を吐き出すようにいった。

全国に指名手配されている男である。発見されたのは富山湾の射水《いみず》市の沖約一・五キロ。

「二宮旬本人だろうとは思うが、目下富山県警は、本人かどうか調べている」

一時、岐阜市内に住んでいたと思われる男が、富山湾に浮いていた。ズボンを穿いていたというのだから、船に乗っていたか、あるいは岸壁から墜落したか、それとも何者かに突き落とされたかだろう。小型船舶操縦士免許を持っていたというから、富山湾に面したどこかで、船をチャーターしたことが考えられる。そうだとしたら、その船舶はどうしたのか。どうして船から落ちたのか。

「あしたは、いちばん早い列車で、富山へいくぞ」

安間との電話を切ると、イソにいった。

「今度は、富山。いちばん早い列車……。おれは、ほんとうに死ぬよ」

「そうか。じゃ、エミコかシタジと一緒にいくことにする。死ぬ場所は、ここから遠くはなれた土地にしてくれ。骸《むくろ》が永久に発見されないのが望ましい」

「けっ。地獄だ。火炙《ひあぶ》りだ」

イソはそういいながら、旅行鞄に、クリーニングからもどってきたワイシャツを押し込んだ。


北陸新幹線の「かがやき」だと二時間十分ぐらいで富山に着ける。

「あしたは東京発七時二十分の列車。遅れるな」

小仏は、イソの顔をにらみつけた。

「おれ、列車に乗る前に、血を吐くかも」

小仏は、アサオを抱き上げた。アサオは小さい声で、「みゃあ」と鳴いた。


きのうは、血を吐くの、死ぬのといっていたイソだったが、列車が走り出すとすぐに弁当を膝《ひざ》にのせ、ボトルのお茶を飲んだ。

小仏もお茶を飲み、いなりずしを二つ食べ、一つ残した。それを見たイソは、

「朝は、しっかり食べておかないと」

といって、小仏が残したいなりずしを頬《ほお》ばった。

二人とも目を瞑り、長野で目を開けた。座席の半分が空いた。

富山でレンタカーを調達して、富山湾に沿った国道を射水市新湊へ向かった。海は青く、白い波は波頭をちりばめていた。

「天気に恵まれた」

小仏は、助手席から海と空を眺め、同じ色をしているといったが、ハンドルを握ってからのイソは、一言も喋《しゃべ》らない。

新湊の港湾事務所には地元の警察官がいた。

「ホトケさんが乗っていたらしい船は、伏木《ふしき》港で見つかりました」

岩下《いわした》という警部がいった。白い小型の貸し船は富山市の業者の所有だった。その船を借りたのは岐阜市の石崎みどり。彼女は、小型船舶操縦士の免許を持っていた。船を借りたのは九月二十七日。船には男性と一緒に乗ったことが業者に確認されている。

岩下警部の話では、漁船に遺体で収容された男の背中と頭には、棒で殴られたような傷があった。そのことから、二宮旬と思われる男性は富山湾沖で、頭を殴られて海へ突き落とされた。船を操縦できる石崎みどりは、富山港へはもどらず、伏木港に着き、そこへ船を棄てて逃げた。船に同乗していた男性が怪我《けが》をしたことを、どこへも届けなかったことから、加害者は石崎みどりの可能性が濃厚と岩下警部は小仏とイソに語った。

その推測があたっているとしたら、夫婦同様の生活をしていた二人には、深くて広い溝が生じたのか。その溝は岐阜市に住んでいるあいだに生じたのではないか。女性を誘拐して手に入れた金をめぐって争いが生じたのか。二人は隠れて生活していたが、それには限界があることを感じるようにでもなったのか。

しかし二人は船に乗った。どちらも小型船を操縦できることを知っていた。

「みどりは、岐阜で飲み屋をやっていた。その店は、まず順調に売り上げを伸ばしていた。ところが九条ひろしとか名乗っていた二宮旬には稼ぎがなかった。それに、貞子というばあさんを抱えていた。みどりにとっては、二宮と貞子が邪魔になってきたんじゃないのかな」

イソの推測だ。

「そうだな。二宮旬が繁華街のクラブで歌をうたうくらいでは、大した稼ぎにならない。彼には若い女性を誘拐すること以外に能がない。それで岐阜ではべつべつに暮らしていた。誘拐で奪った金はみるみる減っていく。そこでみどりは、身軽になることを考えて、二宮を誘って船に乗った、というわけか」

小仏は汐《しお》の匂《にお》いを感じ、波の音をききながらいった。

「貞子というばあさんは、いまどこにいるんだろう」

イソは、足もとの小石を拾って海へ抛《ほう》った。

「岐阜市内のどこかに隠れているかも」

そういった小仏の目の裡《うち》に、なぜか花沢奈保の顔が浮かんだ。目が細く、顎のとがった十七歳だ。

「岐阜へいくぞ」

小仏は海を背にした。飛騨《ひだ》高地から立山《たてやま》連峰がせり上がっていた。鋸歯状の山脈の頂は間もなく白くなるにちがいない。


富山でレンタカーを返すと、高山本線の上り列車に乗った。「ワイドビューひだ」という列車だ。越中八尾《えっちゅうやつお》、高山《たかやま》、下呂《げろ》を経て、岐阜へは約三時間半だ。イソは、弁当を買うのを忘れなかった。


車内アナウンスが下呂に近づいたと案内すると、

「下呂で降りて、温泉に浸《つ》かってみたいな。所長は、そういう気分にならないの」

イソは窓を向いた。

「ならない」

「おれはけさ、五時に起きたんだよ」

「おれもだ」

「従業員を上手に使って、働きやすいように仕向ける。そういうことを考えようとしないの」

「なんだ、その上手に使ってっていうのは」

「駄目だ。なにをいっても、話にならない。小仏太郎は、木偶《でく》の坊だ」

ワゴンの売り子がやってきた。イソは缶ビールを二本買って、一本を小仏の膝に置くと、小仏に背中を向けるようなすわりかたをして窓を向いた。山あいを流れる神通《じんつう》川は宮《みや》川に名を変え、やがて飛騨《ひだ》川になる。岩を打ち砕いて流れる蒼《あお》い川だ。

「富山から岐阜までは、何キロぐらいか分かるか」

小仏は、流れる風景を見ているらしいイソにきいた。

「二百三十キロぐらいだと思う」

ほぼあたっている。どこかでなにかを見たのではないか。

第五章　黒い葉脈

1

　岐阜に着いた。鏡島南の花沢という小さな表札の出ている家のガラス戸へ小仏が声を掛けた。女性の声がして、玄関のドアが半分開いた。髪を片方の肩に垂らした四十歳ぐらいの女性が顔をのぞかせた。髪は茶色だ。

「先日、奈保さんに会った者です」

「ああ、探偵さんですね。奈保からききました」

　奈保の母親だ。奈保は小仏のことをなんと話したのか。何年も笑ったことのないような顔の男とでもいったのではないか。

「奈保にご用でしょうか」

「はい。ききたいことがあるものですから」

「間もなく学校から帰ってきます。せまいところですが、お上がりください」

　彼女は、台所が見える畳の部屋へ小仏とイソを招いた。そこには古そうな小さなテーブルがあった。奈保の話では、彼女が小学生のとき父親が病気で亡くなり、現在は母と弟の三人暮らしだということだ。

　台所の反対側はふすまで、それはぴたりと閉まっていた。

小仏は奈保の母親の髪の色を見て、もしかしたら水商売の店で働いているのではと想像した。

彼女はお茶を淹《い》れ、青い湯呑《ゆの》みを小型のテーブルの上へ置いた。

閉まっているふすまの向こうから、咳《せき》の音がきこえた。だれかがいるようだ。

奈保の弟が学校から帰ってきた。母親に躾《しつけ》られているらしく、小仏とイソを見て、「こんにちは」といってから、恥ずかしそうに笑って、ふすまを開けた。と、部屋の隅に髪の白い人の背中が見えた。少年はその人にも、「ただいま」といった。

白い髪の人が小仏たちのほうを向いた。

「おや……」

イソが声を出した。

正座をして、顔を向けた人は、なんと二宮貞子だった。彼女の前には黒い鞄と唐草模様の風呂敷包みが置かれている。黒い鞄は、先夜奈保が、石崎緑が住んでいたマンションから持ち出してきたものらしかった。

「あなたが、なぜここに」

小仏が貞子にいった。

「旬とみどりは、出掛けたきり帰ってこないもんで、わたしは一時、ここに世話になっているんです。あなたは、なんの用でここへ」

彼女は膝をまわすと、憎々しいという顔を小仏に向けた。京都の竹林に囲まれた家でも同じ顔をしたものだった。

小仏は、大きく息を吐いてから、

「二宮旬さんは、亡くなりました」

と低い声でいった。

「なんですって……」

貞子は目を大きく開けた。

「石崎みどりさんと一緒に、富山港でボートを借りて沖へ出たんです。海上でなにがあったのかは分からないが、旬さんは頭や背中に怪我をして、海に浮いていた。富山港で借りたボートは高岡の伏木港に乗り棄てられていた」

貞子は背筋を伸ばすと胸で手を合わせた。

富山港で収容された男の遺体については、報道されたが、貞子の目には触れなかったのだろう。警察は、遺体の男の身内をさがしているにちがいない。身内である貞子は、風に吹かれた浮き草のように、住むところを変えていた。したがって警察は彼女の居所をつかむことができなかったのだろう。

二宮旬は、二人の女性を誘拐して、多額の身代金を奪った犯人だ。その事件には石崎みどりも加わっている。旬とみどりは、富山港の蒼い海の上で争いごとでも起こしたのか。それともみどりは、旬と組んでいることに危険を感じるようになり、この世から彼を葬ることにしたのか。そして彼女は、煙のように消えた。

貞子は、合わせた手を口にあてて、旬の名を幾度も呼んだ。呼んでいるうちにその声は小さくなった。

「小仏さん」

貞子は光った目を小仏に向けた。

「小仏さん。みどりはどこへいったか分かりますか」

「さあ。岐阜にはいないような気がしますが」

「みどりの居所をさがしてください。お金を払いますので、さがしてください」

「彼女の居場所は、警察がさがしています。殺人容疑がかけられているのですから」

　小仏は貞子に、富山の警察へいくことをすすめた。引き取り手のない旬の魂は、宙をさまよっていることだろう。

　奈保が学校から帰ってきた。小仏とイソを見ると細い目を吊《つ》り上げた。小仏は彼女にも、九条と名乗っていた貞子の息子が、富山の海の上で殺されていたことを話した。小仏の話をきいているうちに彼女は、寒気を覚えてか唇を震わせた。


　日が暮れた。柳ヶ瀬の街は生き返ったように紅灯をきらめかせ、人が流れはじめた。

　小仏とイソは、マリンバへいった。客として入ったのでカウンターにとまった。ホステスの麻里がウイスキーの水割りを二人の前に置くと、微笑して、

「お仕事、お忙しいですか」

　ときいた。

「まあまあです」

　小仏が答えた。

　ホステスの二人が駆け込むように出勤した。三人とも昼間は会社勤めだときいている。

「ママから、連絡は」

　小仏が麻里にきいた。

「ありません。どこで、どうしているんでしょ

うね」

「ママは、もうもどってこないと思う」

カウンターの内側に並んだ三人の女性は、小仏とイソに恨むような目を向けた。

小仏は三人に、ママが富山湾で夫婦の仲をつづけていた男を殺したかもしれないことを話さないことにした。何日か後、いや何か月か後に、富山湾の事件と誘拐事件は明るみに出るかもしれない。それを知ったとき、三人のホステスと、この店へ通っていた客は天を仰ぐだろうか。

二人連れの客が二組入ってきたところで、小仏とイソは椅子を立った。すしでもつまんでホテルへ向かうことにした。

「あのばあさん、富山の警察へいくかなあ」

イソは頭上で光る半月を見ていった。二宮貞子のことである。

「親戚にでも知らせて、遺体を引き取ることにするんじゃないか」

小仏も白い雲のあいだにのぞいた月を仰いだ。

「親戚か」

イソはなにを考えてか、しんみりした声を出した。

「二宮旬は重大事件の犯人だ。親戚に恥をかかせるわけにはいかないと思えば、どこへも連絡をしないだろう」

「二宮旬には、東京の病院に入っている妹が……」

「そうだった。美鈴という妹だ。妹には君恵という娘がいる」

小仏は聡明そうな顔立ちの君恵を思い出した。

君恵は、恋人の河北秀利を失った。河北に、伯父が京都にいることで相談しかけなかったら、災難は起きなかったと、いまも嘆き苦しんでいることだろう。

次の朝、小仏とイソは花沢家を訪ねた。奈保と彼女の弟が、鞄を持って玄関を出てきた。登校だ。小仏とイソは二人に、「いってらっしゃい」といって見送った。二人の母親の夏美《なつみ》は、一時間後に、近くの工務店へ出勤するのだという。

二宮貞子は、キッチンのテーブルで湯呑みを両手で包んでいた。小仏とイソは、貞子を富山へ連れていく。海上で発見された二宮旬と思われる遺体に、警察署の霊安室で対面することになっている。

「けさは、ご飯を食べられましたか」

小仏がきいた。

「ええ、少し。夏美さんはお料理が上手で、お味噌汁もおいしかった」

夏美は背中を向けて洗いものをしていたが、振り返って、

「列車のなかで食べられるように、おにぎりをつくりましょうか」

ときいた。

「それはありがたい。ぜひ」

小仏が答えると、夏美は笑顔になって、戸棚の上から光る筒を下ろした。おにぎりを海苔《のり》で包むらしい。

貞子は、眉間《みけん》に皺《しわ》を立てたまま立ち上がって、

ふすまの向こうへ消えた。旅の身支度をととのえる気になったらしい。

三十分ばかりすると、貞子が黒革のバッグを提げて出てきた。黒いセーターに黒いパンツ。グレーのコートを腕に掛けていた。髪をきれいにととのえている。無表情のまま、小仏とイソに向かって頭を下げた。

夏美は、手提げ袋をイソに渡した。袋の中身はにぎり飯だ。

小仏とイソと貞子は、富山へ向かうために玄関で夏美に見送られた。夏美は勇気付けるように貞子の背中に手をあてた。貞子は硬い表情をして夏美に礼をいった。

岐阜から富山へは約三時間半。窓ぎわの席にすわった貞子は、窓外を向いたままものをいわなかった。遺体になって富山湾に浮いていたという息子の旬のことが、信じられないのかもしれなかった。彼とは夫婦同然の間柄だった石崎みどりが、どこへ消えたのかも考えているにちがいなかった。

小仏が京都で貞子に会ったとき彼女は、病身だといっていた。何度か病院へ入院したとも話していたが、けさの彼女は背筋が伸びている。表情は暗いが、からだに痛むところはなさそうである。

高山をすぎたところでイソは網棚から手提げ袋を下ろした。二重三重に包まれていたおにぎりを取り出し、貞子にすすめた。ワゴンで買ったお茶を窓辺に置いた。彼女はおにぎりを一つつかむと、それをじっと見つめた。隣の小仏は彼女に顔を向けた。貞子は、手に持ったおにぎりの上へ涙を落とした。秋の陽をあびている蒼い海に浮いていたという息子の哀れを思ってか、独り身になった自分が哀《かな》しいのか、落とす涙の粒は大きかった。

富山に着いた。イソは貞子の鞄を持ち、片方の手は彼女の手をにぎっていた。タクシーで警察署を訪ねた。小仏が受付へ用向きを伝えると、女性警官が二人出てきた。貞子は両脇から女性警官に手を取られるようにして、霊安室へ案内された。

小仏とイソも、遺体と対面した。貞子は、ベッドの上の遺体が、はたして息子の旬であるかを確かめるように首を伸ばした。一歩退くと、手を合わせた。ものを考えるように、何度も首をかたむけた。遺体が旬であるのを認めながら、根が生えたように、しばらくそこをはなれなかった。

2

また年があらたまった。

小仏は、中川の堤防の上で初日の出に向かって手を合わせていた。彼と同じことをしている人が何人かいた。マラソンの人と一緒に堤防を三百メートルばかり走って、引き返した。自宅兼事務所にもどると、アサオがベッドから飛び出てきて、大あくびをした。

年賀状のあいだに封書が一通入っていた。差出人は岐阜市の花沢夏美。高校生・奈保の母親だ。小仏は、細い目をした奈保の顔を思い浮かべた。柳ヶ瀬近くのマンションの部屋から真夜中に黒い鞄を持って出てきた少女だ。彼女は、石崎緑と名乗っていたみどりに鞄を持ってくることを頼まれて、その役目をはたした。鞄の持ち主のみどりから、報酬をもらえるからだった。

小仏は、鋏《はさみ》を使って手紙の封を開けた。年始の挨拶の先を読んだ。

［昨年十月、二宮貞子さんは、小仏さんたちのご案内で富山へ行きましたね。警察で、息子さんのご遺体の引き取り手続きをして、ご遺体を火葬にしました。お骨をどうするかを迷ったそうですが、故郷へ帰るのをやめて、お骨を抱いて、岐阜へもどってきました。それでわたしの家の近くのお寺さんに相談して、お骨をあずかっていただくことにしました。息子さんが亡くなって、さみしいはずでしょうが、さみしそうなことをいわず、うちの二人の子どもと仲よくしていて、いまはもう家族の一人です。初めは、からだが弱そうなことをいっていましたけど、寝込むようなこともなく、顔色もよくなり、なんでもよく食べるようになりました。

小仏さんは、また岐阜へおいでになることがありましたら、お立ち寄りください。お忙しいことと思いますが、おからだをおいといくださ い」

二宮貞子は富山の警察で、もろもろの事情聴取を受けて岐阜へもどってきたにちがいない。

花沢家にとって彼女は赤の他人だ。ところがいまは、家族のようになっているという。それは夏美が、穏やかな人柄だからだろう。

小仏は、京都で初めて会ったときの貞子の印象を憶えている。人を食ったような物腰の老女だった。それは、旬とみどりがいたからではないか。二人は若い女性を拉致して、身代金を巻き上げる事件を起こしていた。つまり貞子は、戦闘的な二人にはさまれていた――

小仏は、貞子の生活費を考えた。彼女には収入はないだろう。息子の二宮旬が生きているあいだは、彼の援助を受けていたにちがいない。彼は犯罪で手に入れた金を彼女に渡し、自分たちもその金で生活していた。

二宮旬は、東京の岩倉家から五千万円を巻き上げた。石崎みどりの協力を得て手に入れた金だ。その金を彼は、みどりと貞子に分配したのだろうか。

去年の九月のことだったが、柳ヶ瀬でマリンバというスナックを経営していた石崎緑の住まいから、深夜、奈保が持ち出してきた黒い鞄の中身をイソはのぞいた。白いタオルで隠されていたのは札束だった。数えたわけではないが、少なくとも一千万円はおさまっていそうであった。それは、女性を拉致して奪った身代金の一部だったにちがいない。身代金を三人で山分けしたのか。

小仏は、石崎みどりが富山湾で二宮旬を殺害した動機を推測した。動機はいくつも考えられるが、彼女の一番の狙いは札束だったかもしれない。

　旬には扶養家族がいる。貞子がその一人であり、東京には妹の美鈴とその娘の君恵がいる。美鈴は入院中で働けない。みどりの目には、金が枯れ葉のように散っていくさまが映っていたのではないか。

　それに、軌道に乗りかけたスナックのマリンバを手放すことになってしまった。店の経営者なのだから、店へもどって、客を迎えていたいが、それができなくなった。彼女は誘拐事件に参画していたことで、指名手配されてもいたが、今度は新たに殺人の嫌疑が加わった。

　どこへ逃げたのか。現金を抱いて陽のあたらないところに隠れているのか。


　正月気分が抜けた一月十日は、雪でも舞いそうな空模様だった。

　シタジは、小仏に朝の挨拶をすると、宇都宮《うつのみや》市へ向かった。オフィスや学校向けの家具を作っている木工所の業績を調べにいったのだ。イソのように、両手をポケットに突っ込んで、口笛を吹くようなことをしない生真面目な男だ。したがって、調べてくる内容に信頼がおける。

　イソは、亀有の信用金庫の依頼で、新小岩のペットショップの業績をさぐりにいった。

　エミコは、買ったばかりの光ったアイロンで、小仏とイソのズボンの皺をのばしている。アサオは、テーブルの上からエミコの作業をじっと見ていたが、面白くなくなったのか、小仏の足元で丸くなった。

警視庁の安間から電話が入った。

「小仏、事件だ。前の事件に似ているんだ」

事件だといいながら安間の喋りかたは落ち着いている。前の事件とは、彦根の市川きく絵と東京の岩倉麻琴が誘拐された事件を指しているのだろう。

小仏は、受話器を耳にあてて黙っていた。

「横浜のエンドラーホテルを知ってるか」

安間がきいた。

「ああ、横浜駅に近い南幸《みなみさいわい》の高層ホテルだろ」

「そこでゆうべ、俳優の間所羊治《まどころようじ》と歌手の北村《きたむら》綾花《あやか》の結婚披露パーティーがあった。そのパーティーに出席していた宇野希津子《うのきつこ》という二十五歳の女性が行方不明になった。大田区山王《さんのう》の自宅へ帰宅しなかったんだ。けさ、宇野希津子の父親の宇野光洋《みつひろ》から捜索願が出された。宇野氏は本部の交通課長の友人で、塩浜《しおはま》造船の社長だ。……昨夜、希津子さんがパーティーが終わるまで会場にいたのか、それとも、もっと早く会場を出たのかなどを、出席していた人からきいてもらいたい。上流家庭のお嬢さんになにがあったかだ。急いでくれないか」

安間は話しているうちに早口になった。若い女性の身に迫っているかもしれない危機を感じたらしい。

小仏は、安間がいったことをメモしたノートを上着の内ポケットに押し込んだ。

エミコにも安間からきいた内容を伝えた。

「二十五歳のお嬢さんが、帰宅しなかった」

エミコは胸に手をあてた。

小仏は、電車で大森《おおもり》へ向かった。車内で、芸能人の結婚披露宴を想像した。昨夜の主役のカップルは、たびたびテレビに映っている人気俳優と人気歌手だ。宇野希津子はどちらかと親交があるのだろう。

宇野家は、大森駅から坂道を登って七、八分だった。道路の両側に高い塀をめぐらせた邸宅が並んでいた。どの家も塀より背の高い木の枝を伸ばしている。

宇野家はすぐに分かった。灰色のコンクリートの塀の上に、仙人の髭のような長い葉の大王《だいおう》松《まつ》が枝をくねらせていた。奥のほうには細い黒竹が束のようになっている。

門は檜《ひのき》の太い柱と厚い板で造られている。それは最近建てたものらしく、木の香りを放っているように感じられた。

インターホンには女性が応え、すぐに足音をさせ、くぐり戸を開けた。

「先ほど、警視庁の安間さまからお電話をいただいて、小仏さまがおいでくださることをうかがいました。お忙しいところを、申し訳ありません」

そういって頭を下げたのは、希津子の母の良《りょう》子《こ》だった。彼女は小仏を応接間へ通した。赤黒いテーブルは、天井の灯りを映していた。

すぐに、お手伝いらしい五十がらみの女性がお茶を運んできた。

良子には早速、希津子に関する話をきくことにした。

「昨夜、希津子さんは、間所羊治さんと北村綾花さんの、結婚披露パーティーに出席なさったそうですが、新婚の二人とは、お知り合いだったのですか」

　小仏が、手を胸の前で合わせている良子にきいた。

「希津子は北村綾花さんと親しくしていました。希津子は中学のときにピアノを習っていました。その教室へ綾花さんも通っていて、仲よしになったんです。綾花さんは歌のうまさが認められて、ピアノの先生にすすめられ、作曲家の桐谷《きりたに》徹《とおる》先生について歌を習って、二十二か二十三歳で歌手としてデビューされました。彼女のコンサートには希津子は遠方でないかぎり、応援にいっていましたし、一緒に食事をすることもありました」

「希津子さんは、どこかへお勤めをされていましたか」

「羽田の天空《てんくう》機械という会社の社員です。天空機械は、塩浜造船の子会社で、船舶用の機械を扱っています。社員が八十人ぐらいの会社です」

　希津子は宇野夫婦の次女。長女は大学教授の妻で、品川区内に住んでいる。希津子の下に二歳ちがいの弟和宏《かずひろ》がいて、昨年の春、塩浜造船へ入社した。和宏はこの山王の家に同居しているという。

「昨夜、希津子さんは帰ってこなかった。なにかおこころあたりがありますか」

「こころあたりなど……」

　良子は首を振った。

「昨夜パーティー会場には、希津子さんの知り合いの人も出席していたでしょうね」

「いたと思います」

彼女は思案顔をした。

小仏は、希津子が通っていたピアノ教室はどこかをきいた。それは渋谷駅に近い道玄坂のカヤマ音楽教室だった。

小仏は北村綾花の所属事務所も知りたかったので、良子にきいた。

「赤坂のみむろプロです。間所羊治さんもそこの所属だそうです」

小仏は、宇野家を出て坂を下ったところでタクシーを拾って、渋谷のカヤマ音楽教室へ向かった。

そこはタイル張りのビルの二階で、ドアを開けるとピアノとバイオリンの音がきこえた。ピアノ教室へ入ると、白髪まじりのメガネを掛けた女性が出てきて、前田《まえだ》だと名乗った。小仏は、以前この教室でピアノのレッスンを受けていた女性についてききたいことがあるといった。

「だれのことでしょうか」

「北村綾花さんです」

「ああ、歌手になられた。北村さんはたしかにこの教室へ通っていた時期がありました。わたしが教えたこともありました。とても熱心で、同じ曲を繰り返し弾いていたのを憶えています。十年ぐらい前のことだったと思います」

「その北村さんと仲よしだった宇野希津子さんを、憶えていらっしゃいますか」

「宇野さん……」

彼女は首をかしげると、資料を見るのでといって、ピアノの横のガラスケースの扉を開いてノートを見ていた。

「宇野希津子さん。ありました。大田区山王の方です。思い出しました。渋谷の学校へ通っていて、帰りにこの教室へきていました。器量よしで、いつも緑色の鞄を提げている生徒でしたね」

「その宇野さんと、一緒に習っていた人を知りたいのです」

小仏がいうと、前田は微笑を消してメガネを光らせた。

「昨夜のことです。横浜のホテルで、北村綾花さんと間所羊治さんの結婚披露パーティーがありました。北村さんと親しかった宇野さんは、そのパーティーに出席されたのですが、家へ帰らなかった。どこへいったのか、なにがあったのか、現在も行方不明です。宇野さんは、パーティー会場で、知り合いの方に会ったと思います。北村さんの友人が何人も出席していたでしょう。その友人のなかには、宇野さんと一緒にこちらの教室へ通っていた方もいたのではと思ったのです。一緒にピアノを習っていた人を知りたいのです」

前田は、あらためて小仏の顔を見てから、

「宇野さんが、パーティー会場で会ったと思われる人を、さがしていらっしゃるんですね」

小仏はうなずいた。資産家の娘が華やかなパーティー会場から姿を消した。芸能関係のマス・メディアが知ったら、飛びはねるようにして取材に駆けまわりそうな出来事である。

前田は開いたノートを小仏に向け、

「この人とこの人は、宇野さんと同じ曜日の同じ時間にここへ通っていました」

と、太字の氏名を指した。

新川《しんかわ》あけみ＝中野区東中野《ひがしなかの》
石丸由貴《いしまるゆき》＝世田谷区代田《だいた》
二人の自宅の電話番号が書かれていた。

小仏は、二人の住所と電話番号を控えると、前田に礼をいってピアノ教室を飛び出した。

渋谷駅に通じる地下街は静かだった。そこから新川あけみの自宅へ電話した。呼び出し音が五回鳴って女性の声が応えた。小仏は名乗ってから、「あけみさんは、昨夜、横浜での結婚披露パーティーに出席されましたか」ときいた。

「出席しましたけど、それがなにか……」

あけみの母親は、思いがけない問い合わせに首をかしげているようだった。

小仏は、問い合わせの電話をした理由を簡単に説明した。

「ゆうべのあけみは、十時ごろに帰ってきて、北村綾花さんは歌をうたったし、とてもきれいだったといっていました」

母親は、やや小さい声で答えた。

「その席上で、宇野希津子さんにお会いになったと思いますが」

「ええ。宇野さんには久しぶりに会ったといっていました」

「その宇野さんは昨晩、自宅へ帰ってこないし、現在も行方不明です。私は彼女の行方をさがしているのです」

「行方不明……」

母親は絶句した。

「あけみさんから、パーティー会場での宇野さんのようすをうかがいたいのです」

「あけみは、渋谷の東光《とうこう》電産に勤めています。わたしが電話して、小仏さんのご用を伝えます」

小仏は、ケータイの番号を母親に伝えた。

十分ほどすると、

「新川あけみと申します」

と、小仏のケータイに電話が入った。

あけみは母から、昨夜、希津子が帰宅しなかったことと、現在も行方不明だということをきいたといった。

小仏は、昨夜のパーティー会場での希津子のようすを知りたいので、会いたいといった。

「会社は午後六時までです。六時十五分ごろ会社を出ますので……」

小仏は、渋谷センター街のカフェで会うことにした。

「六時半までには着きますので」

新川あけみは歯切れのいい声でいった。小仏は、中学生のときにピアノを習っていたというあけみが、どんな人かを想像しながら、ビルの二階のカフェへの階段を上った。

3

小仏は、カフェの壁ぎわの席から入口を見ていた。細身で中背の女性が、ベージュのコートを腕に掛けて、入口から店内を見まわした。新川あけみだと思ったので、立ち上がって手を挙げた。小走りにやってきた女性に、

「小仏太郎です」

といって、名刺を渡した。

あけみは名乗ると、身長約一八〇センチの小仏の顔を、圧倒されたような表情をして見上げた。

小仏は単刀直入に、「あなたのことは、カヤマ音楽教室できききました」といった。

「宇野希津子さんとは、お親しい仲だそうですね」

「はい。音楽教室で知り合って、仲よしになりました。希津子さんは、大きな会社の社長のお嬢さんですけど、気さくで、穏やかな人柄です。わたしは一度、山王の宇野家へ招かれて、夕飯をご馳走《ちそう》になったことがあります。彼女のお母さんは、静かなやさしげな方でした」

小仏は、昨夜のパーティー会場での、宇野希津子のようすに話を移した。

「希津子さんは、艶《つや》のあるグレーのスーツの胸にピンクのバラを付けていました。わたしは石丸由貴さんという友だちと一緒に会場へ入りました。希津子さんは先に着いていました。わたしは由貴さんと、希津子さんの服装をほめました。清楚《せいそ》でとてもきれいに見えたからです。

……わたしたち三人はそろって、北村綾花さんに、お祝いの言葉を掛けました」

「新婚の二人は、芸能界の方ですから、会場の

雰囲気は華やかだったでしょうね」

　小仏は目を細めた。

「テレビによく出ている人が何人もいましたし、元プロ野球の選手だった人もいました」

　パーティーは午後八時にお開きになることになっていたが、それより少し前に会場を出ようと、あけみは由貴と話し合い、希津子をさがしたが見つからなかった。

　小仏は、「どうしてか」という顔をした。あけみは顔を曇らせた。

　あけみと由貴は、会場を出たところで待っていたが、希津子の姿を見つけることはできなかった。希津子は、あけみと由貴に声を掛けずに会場を出ていったにちがいなかった。あけみと由貴は顔を見合わせたが、希津子がなぜ二人に断わらずに会場を出ていったのかは分からなかった。

「希津子さんが、あなたと石丸由貴さんに声を掛けずにパーティー会場を出ていったことと、昨夜、帰宅しなかったことは無関係ではないような気がします」

　小仏は顎に手をあてた。思いあたることはないか、と目できいた。あけみは、冷めたコーヒーを一口飲んだだけで黙っていた。

「希津子さんには、お付合いしている男性がいたでしょうか」

「いるのかいないのか、希津子さんから男性に関することをきいたことがなかったような気がします」

「立ち入るようですが、あなたにはお付合いしている方がいますか」

「はい。今年の秋に結婚するつもりです」

あけみはわずかに口元をゆるめた。

小仏のポケットで電話が鳴った。相手はエミコだった。

「安間さんから連絡の電話が入りました。緊急連絡ですが、所長に掛けていいかをきかれました」

「了解」

小仏は壁を向くと、安間に電話した。

「大田区山王の宇野家へ、男の声で、宇野希津子をあずかっているという電話が入った」

「あずかっている……。誘拐だな」

「そうだろう。相手は、それ以外のことはいわずに電話を切った。男は、また掛けてよこすにちがいない。自宅の所轄の大森署へは緊急連絡した。……小仏はいまどこに」

「渋谷のセンター街」

安間のほうから電話は切れた。

「希津子さんは、誘拐されました」

小仏は、あけみのほうへ向き直るといった。

「誘拐……」

あけみは胸に手をあてた。これまでに使ったことのない言葉ではなかったか。

「希津子さんは、どこへ連れていかれたのですか」

「分かりません。犯人らしい男は、彼女をあずかっているといっただけのようです」

小仏は、山王の宇野家へ駆けつけることにした。

「わたしもいきましょうか。でも、わたしがいっても邪魔になるだけでしょうね」

「希津子さんのお母さんに、電話を差し上げることにしては」

小仏は立ち上がったが、あけみはバッグを抱いて震えていた。足がすくんでしまったようだ。

昨夜の希津子は、親友である新川あけみと石丸由貴に、パーティー会場を出ていくことを告げずにいなくなった。二人には話すことができない事情でもあったのだろうか。

それとも会場でだれかに腕をつかまれて攫《さら》われたのか。それだと二人の友人に告げることができない。だが、近くにいた人たちに助けを求めることはできたはずだ。会場へ入ってきた何者かに、うまいことでもいわれて、場外へ出たのだろうか。

小仏はタクシーで宇野家へ着いた。グレーと黒の車が、門をはさむようにしてとまっていた。警察車両らしい。門のくぐり戸は施錠されていなかった。

希津子の母の良子は、蒼い顔をして小仏に頭を下げた。

応接間では、大森署員が電話逆探知の準備をしていた。指揮官は、石川という警部だった。

小仏は、石川と五人の警官に挨拶した。

「犯人らしい男からの電話は、一度掛かってきたきりです」

石川警部がいった。

その電話に応じたのは良子で、「希津子をあずかっている」といった男の太い声が、彼女の耳朶には貼り付いているだろう。

小仏は立ち上がると良子をさがした。お手伝いの女性が、

「奥さまは、キッチンです」

といったので、小仏はキッチンへ入って、テーブルに肘《ひじ》を突いている良子の背中に声を掛けた。彼女はこれまで、髪の手入れができなかったらしく、少し乱れている。

「電話で希津子さんをあずかっているといった男は、いくつぐらいか見当がつきますか」

俯《うつむ》いていた良子は顔を起こすと、

「若い人ではないと思います。低い声で、一言いっただけでした」

といってから、唇を震わせた。

玄関のほうがざわついた。希津子の父親の光洋と弟の和宏が帰宅した。小仏はキッチンで二人に挨拶した。光洋は顔が大きくて小太りだった。和宏は母親似で、やや小柄だ。

応接間へすしが届いた。赤黒いテーブルの上に大きいすし桶《おけ》が三つ並んだ。すし屋の従業員らしい白衣の若い男が、椀《わん》や小皿を並べた。

警官が、すしを二つ三つ口に運んだ午後八時十五分、電話が鳴った。五十歳ぐらいの短い髪の警官が電話に応じた。応接間の全員が電話機に突き刺すような視線を向けた。

咳払いのような音がしてから、「希津子さんをあずかっている者です」と、低くて太い声がいった。

「名前をいってください」

警官は冷静な声でいった。

「警察の人か」

太い声がきいた。

「親戚の者です」

「親戚……。宇野家の人に呼ばれたのか」

「そうです。希津子は、どうしていますか」

「上等なすしを食ってる」

「希津子に電話を代わってくれ」

電話はぷつりと切れた。長い会話は禁物だというのだろう。

電話を受けていた警官は舌打ちした。

録音した声を再生した。相手の言葉には訛《なまり》はないようだ。男の背後に物音は入っていなかった。

「また、掛けてよこすだろう」

次は身代金を要求してきそうだ、と石川警部は独り言のようにいった。

午後九時二十分、さっきの男から電話があった。

「寝るには、まだ早いぞ」

男は人を食ったようないい方をした。

「名前をいいなさい」

「やっぱり警察だ。名前をきいてどうするんだ」

「話をするには、相手の名前が必要なんだ」

「あんたの名は」

「サイトウだ。希津子に代わってくれ」

「うまいすしを、たらふく食って、寝てしまった。いまは、船か飛行機に乗ってる夢でも見てるだろう」

「あんたは希津子をあずかっているというが、どうするつもりなんだ」

「煮たり食ったりせんから、心配するな」

また電話は切れた。男には地方言葉がまじった。「煮たり食ったりせんから」といった。

「中部地方の人じゃないかな」

石川警部がいった。

宇野家にはまた人が増えた。希津子の勤務先の社長が部下の一人を連れて訪れた。体格のすぐれた社長は、光洋と良子に励ましの言葉を掛けた。

良子は急に両手で顔をおおって泣き出した。立ったまま暗い窓のほうを向いて、背中を波立たせた。二晩、見知らぬ男に監禁されているにちがいない希津子を思って、身をよじっているようだった。

電話の関係機関から連絡があって、宇野家へ掛けてよこした電話の発信地は京都市内と判明した。そして使用電話はＮＴＴ契約のスマートフォンで、０８からの番号。その電話機の所有者は宇野希津子。

4

警察は、宇野家へ備えつけたのとはべつの録音や逆探知装置などをワゴン車に積んだ。明朝、京都へ向かうことにしたのだ。

犯人が掛けてよこした電話機の番号は分かっていたが、相手を刺激したくないとして、こちらからの発信は避けた。その代わり、宇野家に掛かってくる犯人の電話をこちらで受けられるよう転送設定をした。

装置を積んだ車に小仏も乗った。本部の安間の指示である。東の空がわずかに白みはじめたのを見ながら、三台の車は十一人を乗せて西へ疾駆した。一台の車には銀行員が乗っている。犯人は現金を要求するにちがいないので、五千万円を用意してきたという。その現金のナンバーを控えてある、と銀行員はいった。

途中で二度、エンジンを止めて、午前九時少し過ぎに鴨川を渡り、七条署に着いた。車を降りると全員が腕を伸ばし、腰を曲げたり反ったりした。

宇野希津子を人質にしている犯人は、広い京都のどこに潜んでいるのか不明である。全員は屈伸運動を終えると、車内でにぎり飯を食べた。

京都の空では灰色の雲がゆっくり東へ流れていた。

「東京よりずっと寒いね」

石川警部がにぎり飯を手にしていった。

全員が身構えているように電話機をにらんでいる。

小仏は、希津子を攫った犯人が京都にいるらしいことについて考えた。犯人は京都の人間なのか。希津子を攫うために横浜へいったのか。彼女が、塩浜造船の会社社長の娘だということを知って、身代金を強請《ゆす》ることが可能だと踏んで、犯行におよんだのだろうか。

小仏は犯人についての疑問を石川警部に話した。

「犯人がなぜ京都へ希津子を連れてきたのか。私もそれを考えているんです。犯人の言葉には京都の訛はないようでした」

石川はお茶のボトルをつかんで首をかしげた。

「ひとつ、思いあたることがあります」

小仏もボトルのお茶を飲んだ。

「思いあたることが……」

石川は目を光らせた。

「一昨年の五月、名古屋市内のホテルを出て、友人の結婚式に向かおうとした東京の若い女性が、拉致されました。希津子さんと同じように会社社長のお嬢さんです。犯人はその女性を京都へ連れていって、女性の両親に身代金を要求した。最初は三千万円を要求してその金額を奪った。強奪に成功したからか、また二千万円を追加要求し、手の込んだやり方で二千万円を奪って、人質の女性を解放したんです。人質は無傷で家に帰ることができました」

「その事件、憶えています。犯人はたしか東京の女性とはべつの少女も人質にして、京都市内の空き家に監禁していましたね」

「そうでした。犯人の男は元歌手で、母親を連れていました。岐阜県生まれの女と夫婦同然の生活をしていて、一時、岐阜市内に住んでいましたが、女のほうが、どうやら男が邪魔になったらしくて、富山港で小型船を借りて二人で富山湾の沖に出て、男をなにかで殴って、海に突き落とし、船を伏木港に棄てて逃げてしまった。その女は、岐阜の柳ヶ瀬でスナックをやっていましたが、その店も棄てて、行方をくらました」

　小仏は、二宮旬と彼の母親の貞子と、旬が企てたらしい女性誘拐に手を貸していた石崎みどりを、頭に浮かべて話した。

「五千万円を奪うのに、女性を二人人質にしたが、その二人には怪我をさせなかった。だが、京都の嵯峨で、男性が二人殺害された。それは、死んだ元歌手の男の犯行ではとみられていますね」

　石川は、ボトルのお茶を飲み干すと、寒さを覚えてか、肩に首を埋めるような格好をした。

「誘拐した女性を監禁していたのも、現金を巻き上げたのも、殺人も、京都で行われた」

　小仏は、灰色の雲が広がりはじめた空を仰いだ。烏が二羽、車の上すれすれに舞っていった。


　それが合図のように電話が鳴った。全員が身構えた。

「おはようございます」

　男の太い声がいった。午前十時きっかり。

　石川警部が小仏に目で合図を送った。

「ぐっすり眠れたのか」

　小仏がいった。

「きのうの人とはちがうようだが」

　犯人はさぐるようないいかたをした。

「希津子さんは、どうしている」

「朝風呂を浴びてから、メシを食った。彼女は、毎朝、ご飯だったというから、メシを炊いたんだ」

「彼女は飯を何杯食べた」

「朝から何杯も食うわけないだろ。……きのうの人とちがうようだが、警察の人か」

「警察官じゃない」

「なにをしてる人なんだ」

「詳しく知りたいのか。教えてやってもいいが、その前に希津子さんの声をきかしてくれ」

電話は切れた。小仏が、警察官ではないといったので、何者かを考えているらしい。

三十分後にまた犯人が電話をよこした。

「そこには、希津子の親がいるのか」

「親は、あんたのように遊んでいられない。忙しい仕事をしている人だ。とっくに家を出ていった。親がいたら、なにをいうつもりだったんだ。……金が要るんだろう。金を奪うために女性を攫ったんだろ。いくら欲しいんだ。早くいえ。百万か二百万か」

「バ、バカにするな」

男は叩きつけるように電話を切った。

「金額をいい出せない。……案外、臆病なのかもしれない」

石川警部の観測だ。

午前十一時四十分、男が電話をよこした。くぐもったような小さい声がして、

「希津子です。早く、家に帰りたい」

若い女性がいった。希津子にちがいなかった。

「どうだ。安心したか」

男の太い声に変わった。

「希津子さんを引き取る。どこへいけばいい」

小仏がきいた。

「午後七時ごろには京都へ着けるだろう」

「京都には着いている。希津子さんはどこにい

るんだ」

「京都に着いている……」

男はたじろいだようだ。

「どこにいる」

小仏は追い打ちをかけた。

「嵯峨の二尊院を知ってるか」

「ああ、有名な寺だ。まさか二尊院のなかにいるんじゃないだろうな」

「あんたたちがどこにいるのか知らんが、一時間後に連絡する」

二尊院へ向かってこいということらしい。

二尊院は、古くから歌に詠まれてきた小倉山の東麓《とうろく》にある。

石川警部は右京署に電話を入れ、犯人のいったことを伝えた。

三台の車は中京区を越えて、右京署に着いた。六人の署員が飛び出してきた。そのうちの二人は女性だった。車は五台になって、二尊院の参道前へ間隔を空けてとまった。

小仏は車を降りて辺りを見てまわったが、怪しい車はとまっていなかった。二尊院を参詣するカップルが二組、参道を奥へ入っていった。どこからも物音はしてこないし鳥の声もきこえなかった。

参道前に着いて三十分ほどすると、犯人から電話が入った。警察の車をどこからか見ているかどうかは分からない。

「墓地へ入ってくれ」

犯人は気味の悪い声を出した。

二尊院の墓地は、本堂脇の石段を上ったところだ。そこには名家の墓が多くあることを小仏はなにかで読んだのを思い出した。

「墓地は広いだろう。目標はどこなんだ」

小仏はそういった瞬間、岩倉麻琴が誘拐され、犯人が京都の清水谷墓地で人質と身代金を交換することにしたのを思い出した。そのとき犯人の二宮旬は、彦根市で攫ってきた少女の市川きく絵と三千万円を交換した。人質にした麻琴を返すものと思っていたが、策略にはめられてしまったのだった。

京都、墓地――これは二宮旬の悪知恵だ。宇野希津子を誘拐した犯人は、それと同じことをさせようとしている。二宮旬の犯行を補佐していたのは石崎みどり。

墓場での人質と身代金交換を考えたのは、二宮旬ではなくみどりだったのかもしれない。

きょうは二尊院の墓所で、かつて清水谷墓地でやったのと同様の人質交換をしようとしている。

「そうか」と小仏は額に手をあてた。岐阜、柳ヶ瀬のスナックを棄て、富山湾で二宮旬を殺害したと思われている石崎みどりは、行方知れずになっていたが、京都へ舞いもどって、男を使って誘拐と身代金奪取をしようとしている。

「現金を用意してきたんだろうな」

犯人は賤《いや》しいききかたをした。

「いくら欲しいんだ」

小仏がきいた。

「あんたは、憎たらしいいいかたをするやつだな。人に好かれないだろう」

「大きなお世話だ。いくら欲しいのかいってみろ」

「五千万円。どうだ。用意してきたか」

「穢《きたな》い手を使うなよ」

「穢い手って、なんだ」

「後ろに控えている女にきいてみろ」

　男は数秒間黙っていたが、

「墓地の東端に寄ったところに、音追《おとおい》家の墓がある。でかい石碑だで、すぐに分かるはずだ。その石碑の前へ金を置け。二十分後だ」

「希津子さんは……」

「石碑の前に立たせておく」

　警官は石段を駆け上がると三方向に分かれて墓石のあいだを走った。男がいったとおり墓地の東端近くに平たくて大きい石碑が、鳥ノ巣家と左の三浦家のあいだに石の柵に囲まれていた。それには［音追家代々之墓］と、太字が彫られていた。その前へ布製の白い手提げ袋を置いて退いた。

　石川警部と小仏は、その柵を斜めの位置から見ていた。林立する墓石を縫うように独りの女性が近づいてきた。石川警部はその女性に駆け寄って、

「宇野希津子さんか」

　ときいた。栗色《くりいろ》の髪をした蒼白い顔の女性は、

「宇野希津子です」と答えると、腰を抜かしたようにしゃがみ込んだ。彼女の背後から女性警察官が二人走り寄って、そっと背中に手を添えた。

　石川警部と小仏は、音追家の墓の正面に立っ

た。大きい石碑の前に置かれていた白い布袋は姿を消していた。それの重さは五キロあまりだ。犯人は幅の広い石碑の後ろから腕を伸ばして現金を入れた袋を引き寄せ、抱えて、墓石群のあいだを抜けていったにちがいない。前もって逃げ道をこしらえていたのだろう。

「やられた。負けだ」

石川警部は頭に手をやった。犯人を捕まえられなかったことが悔しいにちがいない。

右京署へもどると、そこには希津子の弟の和宏と、彼女の勤務先である天空機械の社員が二人、彼女の生還を祈って待っていた。鼻の下に髭をたくわえている初老の医師もいて、彼女を別室で診察した。

右京署は彼女から事情をきいたあと、捜査会議をはじめた。管内において、人質と身代金の交換が行われたのであり、犯人を取り逃がしたからだろう。

5

宇野希津子誘拐事件の主犯は石崎みどりにちがいない。無傷で帰宅できた希津子に小仏は自宅へ会いにいった。

「あなたは、どこで攫われたのですか」

大田区山王の自宅の応接間で、小仏は希津子と向かい合った。彼女は白と紺の格子のセーターを着ている。

「パーティー会場でです」

「会場内で。……だれに……」

「女性にです」

「顔見知りの人に」

「いいえ。知らない人です」

「なんていわれて」

「あなたに会いたいという方がいるので、といわれて、会場の外へ手を引かれるようにして出ました。どなたかしら、とわたしがきいたのですが、きこえなかったのか、そらを使ったのか、答えませんでした。わたしに会いたいという人はエレベーター前にいるといわれたので、急ぎ足でエレベーターの前へいきました。するとそこに立っていた男の人が、わたしの手をつかんで、エレベーターのなかへ押し込みました。わたしは大きい声でなにかいったと思いますけど、エレベーターのなかなので、どうすることもできませんでした。一階へ降りると、男の人と女性にはさまれて外へ出ました。わたしは騙《だま》されたことに気付いたので、大きい声を出しましたけど、助けにきてくれた人はいませんでした」

希津子は男と女に車に押し込まれた。

「その車には、だれか乗っていましたか」

「いいえ。会ったことのない男性と女性だけでした」

車はわりに新しそうな乗用車で、女性が運転して、男性が後部座席で希津子の腕をつかんでいた。

「わたしは、どこへいくのかとか、なにをする気なのかを、ききましたけど、二人ともなにも答えませんでした」

「車がどの辺りを走っているのか、見当がつきましたか」

「神奈川県を通り越して、静岡県内を走っていました。ドライブインの隅で休むと、女性が車を降りてパンと飲み物を買ってきました。わたしはボトルのお茶を飲んだだけで、パンは食べませんでした。愛知県と滋賀県を通過したのが分かりましたけど、気分が悪くなって、一度だけ車を降りました。十分ぐらいしゃがんでいましたけど、寒くなったので車にもどって、目を瞑っていました。しばらくして目を開けると、川沿いの道路を走っていて、京都御所の標識が目に入ったので、京都の中心地を走っているのを知りました。……わたしは怖かったけど、どこまで連れていくのか、なぜわたしを拘束するのかをききました。父は会社の社長ですので、企業間のトラブルでもあって、家族のわたしが恨まれているのかなどを考えました。しかし、わたしがなにをきいても、二人はわたしが納得するようなことを答えてくれませんでした」

そういってから希津子は左の頬に人差し指をあてた。音のするようなまばたきをしてから、思い出したことがあるといった。

「去年の十二月の半ばの日曜日でした。お隣の加藤さんの奥さまに道でお会いしたんです。奥さまは、『つい先日、あなたのことをききにきた女の人がいました。どこかに勤めているのかとか、どんな性格の方なのかをきかれた。奥さまは、わたしの勤め先は答えたけれど、他所《よそ》さまのことを軽がるしく答えるわけにはいかないので、答えられません、といって帰ってもらった』とおっしゃいました。わたしのことをききにきた女性は、目鼻立ちのはっきりした器量よしで、三十代半ばだったといっていました」

「その女性は、加藤さんだけでなく、何軒かを訪ねて、あなたに関する情報を集めたでしょう。どこからか、あなたの写真も手に入れたかもしれない。その女性は、あなたを横浜のホテルから誘い出した人でしょう。あなたは気付かなかったでしょうが、尾行されたこともあったと思う。あなたの顔を頭に焼き付けていたにちがいない。でないとパーティー会場であなたに近づくことはできなかったはずです」

小仏がいうと、希津子は、寒気を覚えたように身震いした。

母親の良子が銀色の盆に紅茶のカップをのせて、応接間へ入ってきた。

「怪我をしなくて、よかった」

良子はつぶやきながら、香りの立つ紅茶のカップを小仏の前へ置いた。

「犯人は、あなたを、どんなところへ連れていきましたか」

小仏は希津子にきいた。

「大きい木に囲まれた古そうな平屋の家です」

その家は和室二間と板敷の台所で、二つの部屋には押し入れがあった。風呂桶は木造。風呂はガスで、部屋の暖房はエアコンとガスストーブ。すべての器具は古いが、清潔だったという。

「すしを食べたというが、出前を頼んだようでしたか」

「いいえ。女性が買ってきたようでした」

「男は、名乗りましたか」

「いいえ。自分のことを、おれといっていました」

「男は女性をなんて呼んでいましたか」

「名前で呼んだことはなかったと思います。女性は男性をあなたと呼んでいました」

「あなたを引き取ったところは、二尊院の墓所です。あなたが連れていかれた一軒家は墓所の近くでしたか」

「いいえ。車で十分以上かかるところでした。わたしに地理を覚えさせたくなかったらしくて、広い道路から細い道へ出たり、走ってきた道を引き返したりしました」

「二尊院の墓所へくるときは、そのカップルが車に乗っていましたか」

「女性が運転して、男性がわたしの横に乗っていました」

「そのとき、いや、二尊院の墓所に着くまでのあいだに、男はあなたになにかいいましたか」

「緩い坂を二〇メートルほどいくと、右手に地蔵がある。そこを右に曲がって三、四〇メートル進むと、右に柵をめぐらせた大きい音追家の墓があるので、そこでとまっていろ、といわれました」

音追家の墓の前に着くと、墓石の陰からあらわれた警官に声を掛けられた——。

「あなたを拉致したのは、石崎みどりという女にちがいない。岐阜県関市出身で、岐阜県の柳ケ瀬でスナックを経営していた。岐阜市で店をやる前、京都にいた。京都にいるあいだに、長野県駒ヶ根市出身の元歌手の二宮旬と手を組んで、彦根市の少女と名古屋市内で拉致した東京の資産家の娘を、京都へ連れていった。京都東山区の寺の墓地と、上京区の詩仙堂で、拉致した二人を解放したが、現金五千万円を奪って逃げた。……石崎みどりは、たぶん奪った金の一部で柳ヶ瀬にスナックを開いた。だが相棒の二宮旬は働こうとしなかった。金は日に日に減っていく。それを見ているうちに彼女には彼が邪魔な存在に見えてきた。二宮が京都で、男を二人殺したことを、みどりは知っていた。いずれ警察は二宮の居場所を突きとめるにちがいない。彼が捕まれば連鎖的に彼女にも手が伸びてくる。そこで彼女は一案を考えついた。二宮もみどりも小型船舶操縦の免許を持っていた。久しぶりに船を借りて沖へ出て、釣りをするか、富山湾から立山連峰を眺めようと誘った。やることのない二宮は賛成して、二人で船の操縦を楽しんだのだろう。だがみどりのほうは黒い魂胆を微笑の裏に隠していた。二宮のスキを狙って、バットのような物で背中と頭を殴って、彼を海へ放り込んだ。彼女は船を操縦して伏木港に着き、船を棄てて逃走した。……二宮は母親を抱えていた。息子が帰宅しなくなったのだから、普通の親なら捜索願を出すものだが、息子の犯行を知っているので、当局に届け出をしなかった」

小仏は紅茶を一口飲むと、その香りと旨さをほめた。

良子と希津子は、口を固くむすんで、小仏のことを、不思議な動物を観察しているような目で見ていた。

「石崎みどりという女性は、ここの近所で希津子のことをきいたらしいということですが、その前に、どこで希津子を知ったのでしょうか」

良子は、額に皺を立てて小仏にきいた。

「高級住宅街で、立派なお邸《やしき》をさがして、そのお邸の家族構成をつかみ、家族のなかに若いお嬢さんがいるかを調べたのだと思います」

「そういうことを、一般の人でもやれるのですか」

「いくらかは元手をかけているでしょうね」

「元手とおっしゃいますと」

「私どものような私立の調査機関に依頼するんです。私立の調査機関は、他人の住民登録の内容などを閲覧することはできないので、弁護士に依頼して、住民票などを見てもらうのです。若い娘さんがいれば、戸主とその人の続柄や生年月日を控えて、調査機関へ報告する」

「わたくしどもも、そういうやり方で……」

「たぶんそうだと思います。弁護士に調べてもらった家族のなかに、若い娘さんがいれば、その人の後を尾けて、学校なり、勤務先をつかむ場合もあります。あるいはその家の主人を自宅から尾行して、勤務先をつかむ。……希津子さんの場合は、近所の人に勤務先を知られていた。休日か、勤務を終えたあと、だれかに会えば、その相手とはどのような関係かを調べる場合もあります。希津子さんの場合は、横浜のホテルへいくのを尾行されたのではないでしょうか」

希津子は、小仏の推測をききながら両手で頬をはさんだ。気付かぬうちにアカの他人によって裸にされていたのを知ったようだ。

6

小仏は毎日、午後七時になると岐阜市柳ヶ瀬のスナック・マリンバに電話した。ママの石崎緑が店へ出てきたかを、ホステスに尋ねていた。
「ママは店へ出てきませんし、連絡もありません」
ホステスの麻里が答えた。去年の九月下旬、ママの石崎緑は、帰りの客を送るふりをして姿を消したのだった。ママはいなくなったが、三人のホステスは毎日出勤して、店をやっている。売り上げのなかから給料を分配しているのだろう。三人のホステスは、共同経営者になったようだ。

店の経営者であるママがいなくなるという珍奇な出来事のあと、さまざまな事件が発生した。富山湾で石崎みどりとは夫婦のような関係だった二宮旬が、遺体で見つかった。

二宮旬の母親の二宮貞子は岐阜市で息子の災禍を知った。その母を、小仏とイソは富山の警察へ案内し、変わりはてた姿の息子と対面させた。石崎みどりは、全国に指名手配された。

年が変わると横浜市で女性誘拐事件が発生し、京都・嵯峨において多額の身代金が奪われた。人質にされていた女性は無事生還できたが、そのやり方は、かつて二宮旬が手掛けた方法の丸うつしであった。そのことから、横浜のホテルで発生した誘拐事件には、石崎みどりが重要な役割を果たしているとにらまれている。

人質にされた宇野希津子によると、横浜のホテルで攫った彼女を車に押し込み、車内で彼女の腕をつかんでいたのは、四十代半ば見当の、わりに体格のいい男だったという。車を運転していたのは三十代半ばに見える女。その女性の体格と顔立ちを希津子は、「身長は一六〇センチあまり。中肉だがウエストはしまっている。髪は茶色。目は大きくて、鼻は高く、唇はやや厚い。美人の類《たぐい》に入る器量」と評していた。

石崎みどりの似顔絵が全国の警察に配られ、再度指名手配された。各地から「似た女性がいる」という情報が寄せられ、そのたびに警察は当人に会い、事情をきいたりした。

「長野から有力な情報が入った。須坂《すざか》市のリンゴ農家の息子が、最近都会的雰囲気の女性を同居させたが結婚の届け出はしていない。女性は器量よしといわれているし、手配中の石崎みどりに似ているらしい」

安間が電話でそういった。小仏に、その女性の素性を調べてこいというのだった。

冷たい風の吹く二月二十日、小仏はイソを連れて北陸新幹線に乗って、長野で降り、長野電鉄の電車で須坂に着いた。駅前の日溜《ひだま》りに、パンダに似た毛柄の猫が寝そべっていた。

「アサオより可愛い」

イソは猫の頭に手を伸ばした。と、猫は跳び起きると、イソをひとにらみして走り出した。

息子が都会的な雰囲気の女性を同居させたり

ンゴ農家は宮本《みやもと》という家だ。その家の住所をきくと駅から歩いて二十分ぐらいだと教えられた。雪を掻《か》き寄せた道路の両側がリンゴ園で、ネットに囲まれた畑もあった。リンゴ園の上で鳥が何羽も遊んでいる。穏やかな丸みをおびた雪の連山の裾《すそ》に白い雲が帯になっていた。

宮本という家は、茶色の土塀に囲まれた門構えだった。正面にも右にも左にも家があるが、宮本家は他家とは比べものにならないくらい大きいのだった。

門は半分ほど開いていたが、小仏とイソは門のなかをちらっと見ただけで、斜め前の西沢《にしざわ》という家へ声を掛けた。手拭《てぬぐ》いを首に巻いた赤ら顔の五十代くらいの男が出てきた。

小仏は、最近、宮本家で同居したという女性についてききたいことがあるといった。赤ら顔の西沢は薄笑いを浮かべると、土間へパイプ椅子を二脚置いた。

「去年のたしか十一月の末でした。見慣れないきれいな女性が、宮本家の門の前を掃いていました。その人はすぐに門のなかへ入りました。私は家内にその女性のことを話しましたが、家内は見たことがないといいました。……それから毎日、その女性を見るようになったんです。……宮本家には四十歳の政史《まさふみ》という息子がいますが、独身です。縁談は幾度かあったらしいが、まとまらなかったんです。政史には妹が二人いましたが、二人とも嫁入りしました。……家内は宮本家のきれいな女性のことを、『政史さんは結婚したんじゃないか』といいました。結婚したのに、近所になんの挨拶もないのはおかしいので、私は隣の家の人にもその女性のことを話した。隣の家の人も、宮本家にきれいな女性がいることを知っていました」

西沢は外で政史に会ったとき、「ときどき見掛けるようになった女の人は、どういう関係の人なんだ」ときいた。すると政史は頭を掻きながら、「知り合いの人だ、遊びにきてここが気に入ったといったので、幾日いてもいいぞっていっている」と、曖昧な答えかたをした。「あんたの嫁さんじゃないのか」というと、「結婚したわけじゃない」と、恥ずかしそうな答えかたをした。その表情を見て西沢は、政史と同棲《どうせい》しているのだと判断した。

宮本家の家族は、と小仏はきいた。

「六十代半ばの政史の両親と、八十半ばのばあさんがいます。広いリンゴ園をやっているので、夏になると、作業員を何人か雇っています。去年の秋口まで外国の若い人を二人雇っていましたけど、仕事が嫌になったのか、辞めてしまいました。政史の使い方がよくないんじゃないかって、いっている人がいます」

小仏とイソは西沢家を出ると、柵のないリンゴ園に入った。宮本家に出入りするにちがいない女性を張り込むことにした。薄陽を浴びているリンゴ園には、野鳥の声がしていた。

「腹がへった。なにか食いたい。リンゴでもいい」

イソは一つや二つ、リンゴがぶら下がっていそうだといって、リンゴの木の下をくぐって歩いた。

　宮本家の門が開いた。グレーの乗用車がフロントを見せた。運転しているのは女性だった。西沢がきれいな人といった女性にちがいない。

　ベージュのコートを着た女性は車を降りると門を閉めて、車に乗り直した。小仏はその車の前に立って、両手を広げた。女性は窓を下ろした。栗色に染めている髪は長い。

「うかがいたいことがあります」

　小仏はドアの前に立った。女性は険しい表情をして車を降りた。石崎みどりではなかった。

「なんでしょう」

　薄化粧の彼女は眉を寄せた。

「岐阜市に住んでいた石崎みどりという人をさがしているんです。その人にあなたが似ているという情報が入ったので、確認にきたんです」

「なにをしていた人なんですか」

「柳ケ瀬でスナックを経営していたが、ある日、突然、姿を消したんです」

「なぜでしょうか」

「詳しいことは分かりませんが、なにか込み入った事情があるようです」

「わたしには関係がありませんね」

「はい。人ちがいですので。……ところであなたは、宮本さんの息子さんと結婚なさったんですか」

「正式には、これからです」

　彼女は横を向き、「急ぎますので」といって車に乗った。ハンドルをにぎってから小仏たちのほうへちょこんと頭を下げた。

「別嬪《べっぴん》さんだ。石崎みどりよりきれいだ。水商売の経験のある人だろうね。なぜ農家の嫁さんになるのか」

イソは、去っていく車を目で追った。

「この家が資産家だからだろう」

小仏は安間に電話して、須坂市のリンゴ農家に住みついている女性は、石崎みどりでなかったことを報告した。

「もう一人いる。そこから新潟へ飛んでくれ」

安間は小仏を急《せ》かすようないいかたをした。

「新潟市か」

小仏は頭に地図を広げた。

「新潟市の繁華街の古町通《ふるまちどおり》に、グレースという洋品店がある。その店の経営者は店を売ることにした。すると三十半ばの女性が買い取り、店内を改装した。その女性が石崎みどりに似ているらしい。彼女の似顔絵を見て、そっくりだといった人もいるそうだ」

洋品店を買い取った人の名は松代伸江《まつしろのぶえ》で、住居は新潟市下大川前通《しもおおかわまえどおり》。

「ここから新潟へは、どうやっていくの」

イソは腹を押さえている。

「新幹線で高崎。そこから上越新幹線に乗り換えて新潟だな」

「新潟でもどこへでもいくけど、なにか食ってからにしようね」

「弁当を買って、列車のなかで」

「おれは、走っているもののなかで飯《めし》を食いたくない。食事をしたっていう気がしないんだ」

「そうか。じゃ、おまえは駅の近くの食堂で、丼飯を二杯ぐらい食って、ひと眠りしてるといい。おれは、列車のなかでも、車のなかでも、腹がふくれればいいんだ」

「おれを、置いてきぼりにするようなことをいうじゃない」

　イソは口笛を鳴らすと、道路の小石を拾って、電線にとまっている鳥めがけて投げつけた。

第六章　ねじれ

1

新潟では雪が斜めに降っていた。道路の両側に雪の畝《うね》があり、家々の屋根は白かった。

信濃《しなの》川に架かる萬代《ばんだい》橋から、上流と下流を眺めた。船が黒い物を積んで橋をくぐった。黒い荷の上にも雪がのっていた。

イソは、信州の須坂よりも寒いといって、マフラーを巻き直した。小仏は両耳に手をあてた。

古町通に入ると、両側の建物が高いせいか風を感じなかった。繁華街だが人影は少ない。

グレースという洋品店はすぐに分かった。店内を改装中で、ガラス戸の半分はカーテンで隠れていた。道路の反対側から見ていると、作業員らしい男が出入りしていた。三十分ぐらい見ていると、灯りの点いた店から茶色の革ジャンを着た女性が出てきた。三十代半ば見当だ。丸顔で髪を後ろで束ねている。わりに背が高い。

その女性は何度か店を出入りして、外から店を眺めるような格好もした。カーテンを開けた。店内には灯りが点いている。

女性は斜め方向から店を見ていた小仏たちに気付いたらしく、近寄ってきた。

「さっきから、店を見ているようですが……」

と、いくぶん険しい目をしてきいた。たしかに石崎みどりに似ているが、人ちがいだ。

小仏は正直に、ある人に似ているという情報があったので、確認にきたのだといった。

「ある人とは、どういう人なんですか」

彼女は歯切れのいい声できいた。

「岐阜で店をやっていたが、突然いなくなった女性です」

小仏が答えた。

「その人に、わたしが似ているんですか」

「似ているだけです。失礼いたしました」

小仏とイソは頭を下げた。女性は不機嫌そうな顔をして、

「人ちがいだと分かったのなら、もう見張っていないで」

と、追い払うような手つきをした。顔立ちはととのっているが、気が強そうだ。

小仏とイソは、逃げるように南のほうへ向かった。雪をちらつかせている空が暗くなった。

安間に電話し、新潟市の女性は石崎みどりでないことを伝えた。

空が暗くなったぶん、街は目を醒ましたように紅い灯を輝かせはじめた。

「今夜は、この古町で、一杯飲《や》りましょう」

イソは首を左右にまわした。コートの襟に首をうずめて小走りにいく女性が何人もいた。赤と青のネオンが生きもののようにまばたいた。音楽が地を這ってきた。盛り場が目を醒ました。

「グレースっていう店をやる人は、石崎みどりじゃなかったが、みどりはなんとなくこの街に

いそうな気がするな」

小仏は、コートの襟をつかんでいった。

「最近、店を開いた女性がいるかを、あした聞き込みしましょう」

「あしたじゃ駄目だ。盛り場は昼間は眠っている。聞き込みは、今夜だ」

「けえっ。今夜。おれ、腹ぺこなんだけど」

目の前ですし屋の暖簾《のれん》が揺れていた。二人は暖簾をくぐった。白木のカウンターには男女の客が四人いた。椅子にすわるとイソはすぐに、

「銚子を二本」

といった。

「酒は駄目。おれたちは、これから聞き込みに歩くんだぞ」

小仏がいうと、イソは下唇を突き出した。

「おまえは、ものごとのあとさきを考えない。飲み食いするときでも、場所と時間を考えないと」

「おれは、一日中……」

なにをいいたかったのか、イソは唇を尖らせ、上がりに変更し、

「所長がぶつぶついうと、折角のすしがまずくなる」

と、小さい声を出した。

小仏は、すしをつまみながら、正面に立っている顔の大きい男に、最近開店した飲み屋があるかを尋ねた。

「この通りの薬局の隣のシモフリビルの三階に、ピックっていうスナックが、十日ほど前に開店しました。開店の日から三日間、すしの出前を

頼まれました」

「その店をはじめた人は、女性ですか」

「ええ、顔立ちのいい女性です」

「何歳ぐらいの人」

「三十五、六といったところでしょうか。わりに背の高い人です」

珍しいことにイソは、板前のいうことをポケットノートにメモした。

「従業員は」

小仏は、あなごを食べながらきいた。

「若くてきれいな女のコが二人います」

「ママの名を知っていますか」

「名前は、知りません。お客さんは、警察の方ですか」

「いや。最近開店した店をさがしている」

小仏は、あまえびを頼んだ。

イソは、白身のこぶ締めと、うにの軍艦だ。

「ピックっていう店のママは、新潟の人ですか」

「さあ、この辺の店で働いていた人じゃないようです」

小仏とイソは、ピックというスナックへいってみることにした。

すし屋を出るとイソが、すしが旨かったといった。酒を一滴も飲まなかったことを忘れているようだ。

シモフリビルはすぐに分かった。ビルの壁には店の名を書いた看板が貼り付いている。三階には酒場が五店入っていて、そのうちの「ピック」の文字は新しかった。

「店へは入らないほうがいいね」

イソがいった。ママが石崎みどりであったら、また逃げられる可能性がある。ピックからだれかが出てきたら、その人にママのことをきくことにしよう、と小仏はいって、エレベーターで三階へ上がった。通路の片側にコーヒーのような色のドアが六つ並んでいた。どの店からか歌声が小さくきこえた。

通路の端に二十分ほど立っていた。その間にべつの店へ男が二人入っていった。ピックのドアは固く閉まったままである。

イソと話し合って、ピックの横のビストロという店へ入ることにした。その店内は賑《にぎ》わっていた。団体客が入っていた。ブルーのドレスを着た痩せた女性がにこにこして、カウンターへ招いた。小仏とイソは、ビールを頼んだ。団体客のあいだにホステスが二人はさまっていた。

カウンターの内側に立ったブルーのドレスの女性に、隣のピックの経営者の氏名を知っているかと小仏がきいた。

「知りません。十日ぐらい前に開店して、きれいなママさんが、うちのママに挨拶にきました。ママは名前を知っていると思います」

彼女がそういったところへ、五十代と思われる肥えた和服の女性が入ってきた。この店のママだった。銀と紫の帯締めは蛇に似ていた。

「雪がひどくなってきたわよ」

ママはそういって、小仏たちに笑顔を向けた。この店は何年もつづいていて、常連客が多いのだろう。

ママは、団体客に挨拶すると、カウンターのなかへもどった。そのママに、小仏がビールを注いだ。

小仏は、隣のピックをやっている人の名前を知っているかときいた。

「ええと……」

ママは顔を上に向けたが思い出せないといって、後ろの棚から名刺ホルダーを取り出して開いた。

「沼川千穂《ぬまかわちほ》さんです」

ママは名刺を見て答えると、「なにかを調べているんですか」

と、小仏の顔をにらんだ。

小仏は、岐阜市から姿を消した石崎みどりという女性をさがしているのだといい、柳ヶ瀬でやっていたスナックを棄てるようにして、行方不明になっている人だと話した。

「店を棄てた。……店を開くにはお金がかかったはずなのに。どんな事情があったのかしら」

ママは厚い手にビールのグラスをつかんでいった。

石崎みどりに似ている女性がいるという情報は入るが、彼女と一緒に行動していると思われる男についての情報は、ほとんどないにひとしかった。

岐阜市打越《うちこし》に草野秋良《くさのあきよし》という男が住んでいた。彼は四十八歳。長良川資材という建築資材を製造する会社の社員だ。彼には妻と二十歳の息子と十八歳の娘と七十三歳の母がいる。

彼は社交性があることから営業部所属で部の次長を務めていた。得意先の社員と飲食する機会はしばしばで、柳ヶ瀬の酒場や料理店を何軒も知っていた。

その草野秋良が一月九日から行方不明になっている。妻は彼の勤務先である長良川資材を訪ねて、社長にも直属長の営業部長にも会った。その際、妻はこういう話をした。

「わたしは秋良を彼が大学生のときに知りました。たしか二年生の夏でしたが、彼は自転車で旅行に出掛けました。単独だったようです。東北から北海道へいってくるといって出発しましたが、ほぼ一か月のあいだ、自宅にもわたしにも連絡をしませんでした。帰ってきたときは、シャツもズボンも破れ、何日間もお風呂に入らず、川の水を浴びていたといって、真っ黒い顔をしていました。自宅で二、三日寝ていましたが、大学へいって、退学の手続きをしてきたのです。両親は怒ったり、あきれたりしていましたけど、彼は平然としていて、アルバイト先を見つけてきました。……次の年の夏は、中古のバイクを買って、また、東北と北海道をめぐる旅行に出掛けました。自転車旅行のときと同じで、約四十日間、自宅にもわたしにも連絡をよこしませんでした。そのあいだにお母さんは心配になって、警察に捜索願を出そうかといっていました。四十数日経って、彼は「無事だったよ」といって帰ってきました。自転車ではまわれなかった北海道を一周してきたということでした。……十日ばかり自宅でごろごろしていたようでしたが、就職活動をはじめて、長良川資材に採用されたのです」

会社員の草野が一月九日から行方不明になったが、家族も勤務先も警察へは知らせなかった。一週間経ったが、草野は帰宅しないし、会社へも連絡がなかった。そこで草野は事故か事件に巻き込まれたことが考えられるとみて、家族と会社は警察に相談した。

岐阜の警察は、草野が得意先の社員らと飲食していた料理店や酒場を聞き込みした。その結果、柳ヶ瀬のマリンバというスナックへも何度かいっていたことをつかんだ。

マリンバをやっていたのは石崎緑という三十四歳の美人だったが、去年の九月下旬、店にきていた客の帰りを送りに店を出ていったきりもどってこないし、自宅のマンションへも帰ってこず、行方が分からなくなっていた。

一月十日のことである。横浜のホテルで芸能人の結婚披露パーティーがあった。そのパーティーに出席していた宇野希津子という女性が、会場から姿を消し、翌日、誘拐されたことが判明した。希津子は京都へ連れていかれたことが男からの電話で分かった。電話をしてきた男は、京都市内の寺の墓所で人質と身代金の交換を要求した。その場所と犯行方法は、かつて二宮旬がやったやり方に酷似していた。捜査当局は、電話で身代金を要求した男の背後には石崎みどりが存在していることを感じ取った。そこで、録音していた男の電話の声を草野秋良の妻にきかせた。低くて太い声をきいた妻は、「主人です」といって、めまいをもよおしたように目を瞑り、両手で顔をおおった。「信じられません」と何度もいった。信じられないという言葉の裡には、女性と一緒にいるという事実がふくまれているにちがいなかった。

石崎みどりは、二宮旬と手を組んで、東京・渋谷区の岩倉麻琴を誘拐して五千万円を奪った。その金は、二宮旬と旬の母・貞子との三人で山分けしたにちがいない。みどりはその金で柳ヶ瀬に店を開いたが、小仏たちの急襲によって、店を棄てざるを得なくなった。手許が寂しくなった彼女は、大金を奪う犯行に乗ってくれそうな男をさがしていたのではないか。彼女は、「マリンバ」で網を張っていた。その網にかかってきそうな男には、からだをすり寄せていったのだろう。草野秋良はその網にかかって溺《おぼ》れ、逃げ道をふさがれたのだろうか。

2

「石崎みどりが、また飲み屋でもはじめてくれるといいけど」

イソが耳の穴をほじくりながらいった。

「そうだな。二人でひっそりと暮らしていると目立たない」

小仏は、アサオの頭を撫でた。

「どこでなにをしてても、草野には里心が出て、女房や子どもたちの姿を想像することがあるんじゃないかな」

「母親もいる」

小仏はそういったとき、ふとべつのことが頭に浮かんだ。

大塚病院に入院している二宮美鈴のやつれた顔だ。富山湾で殺された二宮旬の妹である。彼女には君恵という大学生の娘がいる。美鈴と君恵は、二宮旬の援助を受けていたということだった。二宮貞子は、美鈴の母親だが、娘が可愛くなかったのか、病院へ見舞いにいっていないらしい。自分のほうも丈夫でないので、東京の病院へは見舞いにいけないのか。

母子の生活を支えていたらしい二宮旬が殺されてしまった。母子は生活の途を断たれて苦しいのではないか。

小仏は君恵の顔を思い出しながら、彼女に電話した。

「あした、岐阜から、おばあちゃんがくることになっています。わたしは東京駅のホームで、出迎えることにしています」

小仏は、彼女の母親の病状をきいた。

「母は三日前に退院しました」

「お母さんはよくなったんですね」

「はい。だいぶよくなりました。家では寝たり起きたりしています。月に一度は病院へいくことにしているんです」

「おばあさんは、あなたたちと一緒に暮らすことに……」

「それは分かりません。わたしはそうなるといいと思っています」

小仏は電話を切ると、君恵がいったことを、イソとエミコに話した。

「君恵って、いい娘《こ》だよね。おれは、ああいう娘と仲よしになりたい」

イソは両手を天井に向けて伸びをした。彼は前にも同じことをいっていた。

なにを思いついたのかイソは「日本大地図帳」を開いた。

「おれもバイクで、北海道一周をやりたいな」

彼は、草野秋良という男のやったことを想像しているらしく、北海道一周は何キロぐらいなのかとつぶやいた。

「三千キロはないと思う」

「ええ、そんなに」

「バイクといわず、四十日か五十日かけて、歩いたらどうだ」

「途中で死ぬかも」

「行き倒れになっても、おまえの屍骸《しがい》は、ヒグマも食わないだろうな」

「けっ。なんていうことを」

「四十日から五十日なんて、ケチなことをいわず、四、五年かけて歩いたら、いい勉強になると思う」

「帰ってきたら、小仏太郎は老衰で死んでいた」

エミコはなにもいわず、流し台で洗いものをはじめた。


翌朝五時前。消防車のサイレンをきいて目を醒ました。火事は近そうだ。アサオは小仏のベッドから飛び降りた。窓を開けた。何人かが真下の道路を南のほうへ走っていた。イソとエミコが住んでいるアパートの方向だ。

小仏は、身支度をととのえると外へ飛び出し、亀有病院の方向へ走った。イソが住んでいるアパートの後ろの木造二階建てアパートが真っ赤な火に包まれていた。エミコが暮らしているアパートは家事現場の東で、そこから約五十メートル。燃えているアパートからは、ドドッという音と、パチパチという音がきこえた。消防車は何台もやってきた。火事場を遠巻きに見ている人たちの顔は赤かった。

小仏は火事場からはなれて、コンビニに入った。飲料水を買うつもりだった。と、商品棚のあいだの床に白髭の老人があぐらをかいていた。その人の前にすわっているのは、エミコである。彼女は手に水のボトルをつかんでいた。


「この方、燃えたアパートに住んでいたんです」

彼女はアパートの出火に気付くと、駆けつけて、アパートから這い出てきた老人を背負って、コンビニに避難させたのだという。老人は八十代も後半だろう。

小仏は、イソの住まいのアパートへいった。ドアは施錠されていなかった。たたきにつっかけが脱ぎ捨てられている。イソは不在だ。火事を見ている人のなかにもイソはいなかった。

小仏は、自宅兼事務所へもどるつもりで、火勢のおさまったアパートを横目に、消防ホースをまたいで亀有病院の前を通ろうとした。とそこへイソが出てきた。額と頬が黒い。唇の端に血がにじんでいる。

「どうした。怪我をしたのか」

「燃えてるアパートから、年寄りを助けて、ここへ避難させたの」

「そうか。そりゃご苦労だった。そのお年寄りは、何歳なんだ」

「九十二歳のお婆《ばあ》さん。二階に住んでいたけど、階段の上り下りが危ないので、一階へ移ったばかりだったらしい」

「独り暮らしだったのか」

「そう。連れ合いは十年以上前に亡くなってるから、一人娘と一緒に住んでたけど、その娘も六年前に病気で亡くなったらしい」

「そのお婆さんとは、知り合いだったのか」

「ときどき、顔を見てただけ」

「怪我は……」

「無傷。アパートの一階から火が出たことに気付いたけど、立ち上がれなくなったんで、寝床の上にすわって、お経を唱えていたらしい」

小仏は、イソが救助したという老婆を見にいった。

老婆はベッドの上にすわって、なにを食べたのか口を動かしていた。まるで布団を着ているような厚い胸をした人だった。

亀有で古いアパート一棟が焼失したが、さいわい怪我人はいなかった。

その火事の二週間後、小仏探偵事務所に、「神磯十三氏と山田エミコ氏を、人名救助で表彰したい」という報《しら》せが、警察署と区役所から届いた。

「そんなことをしてくれなくていい」

イソは素っ気ない。エミコは、

「あたり前のことをしただけなのに。……わたしもお断わりします」

といった。二人の意思を小仏が双方に伝えた。

翌々日、警察署長名で清酒が一本届いた。小仏が借りているビルのオーナーの栗原《くりはら》は、イソとエミコが表彰を辞退したことをどこからか耳に入れたらしく、アサオの餌を持ってきた。栗原は、まぐろやかつおの絵の付いた小袋が二十個入っている箱を、アサオの鼻先に置いた。

「イソさんは、のん気なお兄さんっていう感じだけど、いいとこがあるんだね」

栗原は、アサオを見ながらいった。

バー・ライアンのママが電話をよこした。

「夕方、三人そろって芝川へいってて。わたしにうな重をおごらせて」

イソは、天井に向かって口笛を鳴らした。エミコは、両手で頬をはさんだ。

午後六時になった。小仏、イソ、エミコは、肩を並べて芝川へ向かった。バー・ライアンの肥えたママが三人を駆け足で追ってきた。

芝川では、白い帽子の若い男が、テーブルへ赤黒い色の重箱を並べていた。ママは小仏に並んですわった。

「まず一杯」

小仏が三人の盃《さかずき》に日本酒を注いだ。

イソは待ちきれないというふうに重箱の蓋《ふた》を開けた。この店では一等の松である。うなぎが二段になっている。隣の席の客が食べている重箱が小さく見えた。

エミコは箸袋をちぎり、うなぎの端を箸でつまんで、ちぎった箸袋に包んだ。アサオへのみやげらしい。

「旨いね。いままで所長と食ってたのは、うなぎじゃなくて、どじょうだった」

イソは、重箱を抱えるようにして箸を使った。しばらく目の前に酒があるのを忘れているようだった。

上等のうなぎの蒲焼《かばや》きを食べ終え、日本酒を四本飲んだ。腹がふくれたからか、小仏は眠くなった。が、イソはバー・ライアンへ早くいきたいようなことをいった。ママが支払いをすませたところへ、小仏のポケットで電話が鳴った。

相手は安間。

「食事中なのか」

「旨いうなぎを食って、うまい酒を……」

「酔ってるな」

安間の声が少し大きくなった。

「ああ、少し」

「じゃあ、あしたにする。ちょっと気になる情報が入ったので」

安間はそういって電話を切った。

小仏はエミコと事務所へもどった。

イソはママと一緒にバー・ライアンへいく。

足音をききつけてか、アサオはドアの脇にいて、エミコの足にからみついた。彼女は、箸袋の端に包んできた蒲焼きのうなぎを、餌の皿にのせた。アサオは鼻を近づけた。警戒するように匂いを嗅《か》いでいたが、旨そうだとみたか、嚙みついた。

小仏にはさっきの安間の電話が気になったが、あすの朝、詳しくきくことにした。

「所長は疲れているようすですので、早くお寝みください」

エミコは、アサオの頭をひと撫でして帰った。

イソが電話をよこした。

「店がヒマだからきてください」

まるでバーの従業員になったようなことをいった。

「嫌だ。おれは疲れた。病気かもしれない。立ち上がることもできない」

「たいていの人は、うなぎを食うと元気になる。病気かもって、どこかが痛いの」

「頭も、腰も、足も痛い。久しぶりにうなぎを食ったせいかも、おまえはいつまでもそこにいないで、早く帰れ。あしたから忙しくなりそうだ」

「折角、いい気分になってるのに」

イソは電話を切った。ママとホステスのキンコと、函館から出てきたというマドカに向かって、小仏の悪口を並べていることだろう。

消防車とパトカーのサイレンが小さくきこえた。火事は遠くらしい。窓を開けた。頭上に匕《あい》首《くち》のような細い月が光っていた。その月をしばらく見上げていた。白い雲が流れるようにやってきて、わずかのあいだ月を隠して去っていった。

3

三月十四日。朝のテレビニュースは、東京でサクラが咲きはじめたと報じた。

午前八時四十分。小仏が朝食のパンを食べ終えたところへ、安間が電話をよこした。彼は咳払いをしてから話しはじめた。

「一昨日の夜、札幌市の繁華街で、酒に酔った男が乗用車にはねられて重傷を負った。病院に収容されたときは意識がなかったが、きのうの朝になって意識がもどった。だが訳の分からないことを口にしているらしい。医師が氏名をきくと、「ミクニ」とか「ミノクチ」とかと答えた。住所を尋ねたが、意識が朦朧《もうろう》としているらしくて答えられなかった。……その男はショルダーバッグを持っていたので、そのなかを調べた。身元の分かるものはなかったが、札束が三つ入っていた。ケータイは、事故のさいに失《な》くしたのか身につけていなかった。そこで本庁は、束になっている紙幣のナンバーを書き写してもらうことを依頼したんだ」

と、安間はいった。

「その結果は……」

小仏がきいた。

「宇野希津子を誘拐した犯人に渡した身代金の紙幣のナンバーと一致した」

「怪我人の男は、一月九日から行方不明になっている草野秋良では」

二宮旬を富山湾で殺して、逃亡をつづけている石崎みどりと共謀して、誘拐事件を起こした男ではないか。

「札幌中央署は、『イチムラ』とか『イチモト』というのは偽名で、草野秋良本人だろうとにらんでいる。病室で本人に会って、運転免許証か身元の分かるものを持っていないかをきいたが、訳の分からないことをいっているだけで、身元を確認できない。医師は、意識が混濁しているので、もう少し時間をおいてから質問するようにといっているらしい。交通事故は新聞にも載ったので、関係者が見舞いにくることが考えられる」

見舞いにくる関係者は重要だ、と安間はいった。

草野秋良が石崎みどりと一緒に暮らしているのだとしたら、彼女は病院へやってきそうである。

「分かった。札幌へいく」

小仏は、草野秋良と思われる男が入院している病院名をきいた。中央区南九条の札幌南病院だという。


イソが赤い目をして出勤した。酒の飲みすぎか寝不足だろう。

「札幌へいく」

「えっ、今度は北海道」

宇野希津子を誘拐した草野秋良らしい男が札幌市内で交通事故に遭い、入院している。どうやら重傷のようだと小仏はいった。

「重傷。死なないうちに会っておかないと」

珍しいことに、イソはロッカーから鞄を取り出して旅行の準備をはじめた。

小仏は飛行機の予約をした。十二時三十分の便がとれた。新千歳空港には十四時に着ける。小仏も旅行の支度をととのえた。

「怪我をした男は、札束をバッグに入れていたが、運転免許証か、身元を証明するものを持っていなかったらしい」

羽田へ向かう電車のなかで小仏はいった。運転免許証なら、生年月日も住所も分かる。

「その男の近くにいる者が、持ち歩かせなかったのかもしれないよ」

イソがいった。

「持ち歩かせない……」

小仏は、車窓に映っているビル群を目で追った。

出先でもしも事故に巻き込まれたりした場合、持ち物を検査される。検査されると氏名も、年齢も、住所も分かる。それを防ぐ目的で持たせない。正常な生活《くらし》をしている人の行為とは思えない、とイソはいった。


新千歳行きの便はほぼ満席だった。イソは、飛行機がもの凄《すご》いスピードで滑走路を走って、飛び上がる瞬間を見るのが好きだといっている。その瞬間が怖いといって、目を瞑っている人のほうが多いらしい。

新千歳空港には定刻を五分遅れて到着した。札幌南病院は十階建てだった。札束を所持していた怪我人の男は六階の個室に入っていた。

その部屋の出入口近くには若い警官が椅子に腰掛けていた。

　小仏はその警官に警視庁発行による特別調査員の証を見せた。若い警官はどう思ったのか、椅子から立つと姿勢を正した。

「あなたは、患者を見ましたか」

　小仏が警官にきいた。

「はい。何度も」

「どこを怪我したんですか」

「左足を骨折していて、頭を強く打ったらしくて、まともに話ができないようです。からだが痛むのだと思いますが、ときどき怒鳴るような声を出しています」

　小仏とイソは、医師に断わって患者のベッドに近寄った。顔の二か所に絆創膏《ばんそうこう》が貼られていた。眠っているのか、目を瞑っている。

　小仏は、「草野さん」と呼び掛けてみた。

　男は目を開け、まばたいた。が、天井を向いたままなにも答えない。

「草野秋良さんですね」

　瞳がわずかに動いた。名を呼ばれての反応だろう。どこかが痛むのか、顔をゆがめた。

　札幌中央署は、交通事故の怪我人は岐阜市の草野秋良の可能性が考えられるとみて、草野の妻に、「ご主人の写真を送ってくれないか」と電話した。

　一時間ほどすると、勤務先だった長良川資材の同僚と一緒に写っている一葉が、電送されてきた。草野秋良は同僚の四人にはさまれて笑っている。病院での重傷患者は顔をゆがめているが、送られてきた写真によって草野秋良だと確認された。

小仏は、及川《おいかわ》という警部補に、加害車輛《しゃりょう》のことをきいた。

「轢《ひ》き逃げです」

防犯カメラの映像を見ると、事故発生の瞬間がとらえられていた。被害者らしい男が千鳥足で歩いていた。午後十一時十二分、男の背後から黒い乗用車が近づいてきた。国産高級車の「フォルツァ」だ。その車のナンバープレートには白い紙が貼られている。歩行者の男性は酔っているようだが後ろから車が近づいたことに気付いたらしく、道路の右端へ寄るような歩きかたをした。その瞬間、車は歩行者をはね、停止せずに走り去った。後部のナンバープレートも白い紙で隠されていた——

そのことから、加害車輛は被害者が道路へ出てくるのを待っていたらしい。そして、防犯カメラに映るのを意識して、ナンバープレートに白い紙を貼っていた。明らかに被害者を狙った犯行だ。被害者を轢き殺そうとしたのだろう。

当然だが防犯カメラは、加害車輛を運転していた人物を捉《とら》えている。サングラスを掛けているが、男性か女性かは判断できない。どうやら黒い帽子をかぶっているようだ。

「事故でなく、殺人未遂だったのか」

小仏はつぶやいて、及川警部補のいったことをメモした。

「轢き逃げの瞬間を目撃した人がいそうな気がしますが」

小仏が及川にいった。

「そう思って、事件現場とその付近に貼り紙をしています」

だがいまのところ、轢き逃げを見たという人の届け出はないという。

「被害者は酒に酔っていた。いきつけの店がありそうですが」

「そこをさがしあてることにしています」

「今夜、私たちも」

岐阜から送られてきた写真の草野秋良の部分だけを拡大してもらった。

重傷を負って入院している男は、多額の現金を持っていた。その紙幣のナンバーと、人質の宇野希津子奪還に使われた紙幣のナンバーが一致した。身代金要求の電話の声が草野秋良であることは妻の証言で分かっている。

札幌中央署は、岐阜市から草野秋良の妻を札幌へ呼ぶことにした。入院中の怪我人に対面させる。怪我人はどんな反応を見せるだろうか。

小仏とイソは、すすきのに近いホテルの地下の店で夕食を摂った。酒場勤めらしい女性が二人の男性と笑いながら食事をしていた。

小仏とイソは、轢き逃げの現場を見たあと南の方向へ歩いた。すすきのの交差点を一本越えると西へと歩いた。被害者の男が歩いてきた方向へ向かった。一〇〇メートルほどいくと紅い灯が明滅する繁華街になった。女性が二人、急ぎ足で歩いていた。事件現場はタイル張りのビルの前だと分かった。札幌中央署員と道路で鉢合わせした。小仏たちは道路の左側のビルに入っている店を聞き込みすることにした。どこも小さな店だ。小仏は出入口で店の人を呼んだ。出てきた女性に草野秋良の写真を見せた。

「うちの店へ飲みにきた人じゃありません」

といわれた。なかには、「なにをした人なんですか」ときく店もあった。

午後十一時近くなった。イソはあくびをして空を仰いだ。街が明るいせいか星が見えなかった。

「寒いよ、震える、おっかさん」

イソは空に向かって吼えるようにいった。

緑色のビルの一階で、「ありがとうございました」という女性の明るい声がした。男が二人出てきて、女性に向かって手を振った。

明るい声で客を送り出した女性に、小仏は近寄った。

「いらっしゃいませ」

「いや、客じゃないんだ」

小仏はそういって、ポケットノートにはさんだ男の写真を女性に向け、知っている人かときいた。

「あら、ミクニさんじゃないかしら」

通路の電灯の下へ女性を誘って、あらためて写真を見てもらった。

「ミクニさんです」

彼女は、小仏の顔を見て、「まちがいなくミクニさんです」といった。

「ミクニとは、どういう字ですか」

小仏がきいた。女性は自分の手の平に、「三国」と書いた。

「一昨日《おととい》の夜、この先で、男の人が轢き逃げに遭ったのを知ってますか」

「はい。人にききました」

「写真はその被害者です」

「えっ……」

彼女は口に手をあてた。小仏はもう一度写真を見せた。彼女の瞳が光りだした。

「マスターに」

彼女は五、六メートル走って、ピンクのドアのなかへ消えた。「クラポー」という店だ。色白の男が通路に出てきた。四十代半ば見当で、鼻の下に髭がある。小仏はマスターといわれたその男にも草野秋良の写真を見せた、

「三国さんです」

「下の名は」

「知りません。名刺をもらったわけではないので」

「三国」と名乗った四十代後半の男は、二月半ばごろから週に二回は来店するようになったという。三国は、夕食を摂りながらビールを飲むといって、赤い顔をして独りでクラポーへやってくる。彼は希美《のぞみ》というホステスが好きらしい。いつもカウンターで、希美と会話しながらウイスキーの水割りを四、五杯飲む。希美が彼の職業をきいたことがあった。いつもネクタイをしていないので、会社員か公務員ではなさそうだとみていた。職業をきかれた彼は、「小さな会社に勤めている」と答えただけで、会社の業種などは答えなかった。

三国は午後十一時近くになると、「勘定」といって立ち上がる。マスターが「五千円です」というと三国は一万円札を取り出し、釣り銭から千円をチップだといって希美に渡す。

三国は、ショルダーバッグに多額の現金を入れていた。

小仏は、面長でやさし気な顔立ちの希美に、

「三国と名乗っていた客は、なにか高価な物でも買うつもりだったのではないか」

と、きいてみた。

「さあ、そういうことをいったことはありませんでした」

希美は頬に手をあてて首をかしげた。

「三国の住所をきいたことは」

「たしか中島《なかじま》公園の近くといっていました」

中島公園は広い。市営地下鉄南北線の中島公園と幌平橋のあいだで、鴨々川《かもかも》に抱かれていて、公園の脇にはホテルや高級マンションが建ち並んでいる。

翌日から警察は、草野秋良の写真を手にして、中島公園周辺の聞き込みをした。防犯カメラの映像を撮った写真も利用する。轢き逃げ車輛は黒のフォルツァだ。ナンバープレートには白い紙を貼ってナンバーを隠したが、車種が割れているので、捜査の参考資料になっている。

岐阜市から草野秋良の妻・梅子《うめこ》と娘の菊世《きくよ》が札幌へやってきた。中央署の男女の警官は轢き逃げ被害者の男性が入院している札幌南病院へ二人を案内した。

　小仏とイソは、草野梅子と菊世の後ろについて、六階の個室へ入った。ベッドに近寄ると梅子が悲鳴のような声を上げた。

「お父さん」

と、呼んだのは菊世だった。

「どうして、どうしてこんなところに……」

　菊世は絆創膏を貼った顔の男の手をつかんだ。梅子は、怖いものでも見たように手で顔をおおった。

　怪我人の男は、苦し気な唸り声を出した。妻と娘に会ったからか。それとも逃げまわっていたことが知られたからか、言葉になっていない声を苦しそうに吐いていた。

　草野秋良の写真を手にして、中島公園の付近を聞き込みしていた警官から、草野が住んでいたと思われるところが分かったという連絡が入った。

　そこは、中島公園の西側西七丁目の「アカシアホーム」という五階建てマンションの二階で、佐山苑子《さやまそのこ》の名で住んでいた。入居は二月十七日。捜査員はマンションの家主に、入居時の契約書を見せてもらった。佐山苑子のそれまでの住所は、札幌市豊平区平岸。しかし契約者の佐山苑子はアカシアホームに住んでおらず、彼女は知人に頼まれて自分の名を貸したのだということが判明した。彼女は現在も平岸に住んでいるのだ。

　だれに名義を貸したのかを捜査員は苑子にきいた。すると石崎みどりだと答えた。

「石崎みどりという人は、なぜ他人の名義でマンションに住むことにしたのか」

捜査員は佐山苑子に尋ねた。

「岐阜に住んでいたけど、嫌な男に後を尾けられている。なので住んでいるところを隠していたいの」

といった。佐山苑子は岐阜出身で、何年も前からみどりとは親しくしているということだった。

他人の名で入居したみどりは、男性と同居していた。その男は働き盛りの年齢だが就職していなかった。働くところをさがすといっては外出するが、札幌へきてから仕事に就いたことはなく、外で酒を飲んで帰ってきて、次の日はほとんど寝ていた。なにか商売を始めなくては、と話すことはあるが、それを真剣に考えているようにはみえなかった。

みどりは不動産会社に勤めている佐山苑子に、

「酒場でも始めようかと思う。始める段になったら、また名前を貸してね」といっているという。酒場を始めるにも資金が必要だ。それをきくとみどりは、「少しは預金があるから」といったという。

石崎みどりは乗用車を持っていた。その車は黒のフォルツァだと分かった。マンションの駐車場を見たが、目当ての車はなく、部屋にみどりはいなかった。

4

草野秋良の妻梅子と娘の菊世は、秋良を岐阜へ連れて帰りたいといった。だが医師は、「十日か二週間ぐらいは動かさないほうがいい。現状は、いつなにが起きるかという境目です」と、聴診器を患者の胸にあてていった。

札幌中央署員は、中島公園西側のマンション・アカシアホームを、二十四時間張り込んだ。三日間張り込んだが、佐山苑子名で住んでいる石崎みどりは外出から帰ってこなかった。そこで捜査員はマンションの家主の許可をとって、彼女の部屋へ入った。部屋には簡素な家具や調度が備えられていたが、彼女はおらず、抜け殻のようにみえた。鑑識は室内の塵《ちり》を集めた。

中島公園東側の豊平《とよひら》川の河川敷に、何日か前からとまったままになっている黒い車がある、という通報が警察に入った。車はフォルツァだった。

その車を入念に検《しら》べたところ、前部バンパーに疵《きず》が認められた。車内から指紋を採取し、毛髪を拾った。アカシアホームの部屋から採取した試料と照合した。その結果、石崎みどりと草野秋良の試料と一致した。そこで草野を轢き逃げした車ではないかと推測されたし、運転していたのはみどりという可能性が考えられた。犯行に使った車だったので、みどりが棄てたことが考えられた。

彼女は大雑把《おおざっぱ》で投げやりな性格ではないのか。小仏は、安間から、アカシアホームに石崎みどりがいないことと、豊平川畔で乗用車が見つかったことなどをきいた。彼女は岐阜の柳ケ瀬で経営していた店を棄て、行方をくらました女だ。

そして、夫婦同然の暮らしをしていた二宮旬を、富山湾で叩いて海に投げ込んでいる。札幌へ逃げると、岐阜の柳ヶ瀬で知り合ったにちがいない草野秋良を始末しようとした。

　彼女は、二宮旬と組んで、資産家の若い女性を誘拐して京都で身代金を奪った。そして身を潜めていたが、草野に目をつけて誘い、女性を攫って、同じ手口で身代金を奪って逃げた。一見、大胆だが後始末のできない粗野な女のようだ。

　彼女は、身長一六〇センチあまりで、目鼻立ちのととのった美人の類に入る容姿をしている。これが男を惹《ひ》きつける要因なのだろう。

　彼女はどこへ消えたか不明だ。北海道内のどこかの温泉に首まで浸っているだろうか。それとも落着くことができず、これまで縁のなかった土地のホテルに一泊しては、転々と逃亡の旅をつづけているのか。いくつもの重大事件に関係してきたが、犯罪行為の発想はどこで形成されたのか。何者かからの影響なのだろうか。

　小仏は、それを安間に話した。すると安間は、生い立ちに原因があるのかもしれない、といった。

「生い立ちか。彼女は、岐阜県関市生まれだった。両親は、どういう人だったのか。兄弟がいるとしたら、現在はなにをしているのか。みどりは、なぜ故郷をはなれたのか」

　小仏は、薄曇りの空を旋回している一羽の黒い鳥を眺めながらつぶやいた。

小仏は、関市へいってみることを思い立った。その前に地名辞典を開いた。

［関市＝岐阜県中南部。長良川支流の津保《つぼ》川にはさまれた関盆地の中心。一九五〇年、田原《たわら》村を編入。五一年に下有知《しもうち》、五四年、富野《とみの》、五五年、小金田《こがねた》の各村を編入。鎌倉時代以降「関鍛冶」の名で知られ、関の孫六などの名刀匠を生んだ。現在は伝統を生かし、替刃、はさみ、洋食器などの金属機械工業が盛ん。長谷寺に松尾《まつお》芭蕉《ばしょう》「藤の実は俳諧にせん花のあと」、千手院に榎本其角《えのもときかく》「さぞきぬた孫六屋敷志津屋敷」の句碑がある］

小仏はイソを連れて、関市へいき、みどりが生まれた家をさがしあてた。そこは、農家の脇のこわれかかっているような小さな家だったが、何年か前に新しい家に建て替えられたということだった。

石崎みどりの家は、極端に貧しかった。父賢吉は製材所に勤めていたが、みどりの母である真澄と結婚した直後、山からの丸太を積んできたトラックが横転し、丸太の下敷きになって大怪我を負った。入院してから分かったことだが、彼は親からの借金を背負っていた。

真澄は近所の鋏《はさみ》をつくる工場の下働きをしていた。毎月末になると、借金取りの男がやってきた。彼女はわずかな給料のなかから幾ばくかをその男に渡していた。

みどりには二歳ちがいのしのぶという名の姉がいた。中学三年生のしのぶは、年末の冷たい風の吹く日、借金取りにあらわれた男の腹に体あたりした。出刃包丁をつかんで腹を刺そうとしたのである。だが男は身をかわし、しのぶがつかんでいた包丁を叩き落とした。その男は石崎の家のことを「人殺しの家」と呼んだ。

しのぶは何日間か、警察から帰ってこなかった。取り調べを受けてもどってきた彼女は、学用品も持たずに家を出ていった。学校も警察も、彼女の行方をさがしたが居所を見つけられなかったし、本人からは連絡もなかった。

母の真澄は、働いている工場をそっと抜け出しては、他人の家の畑を下見して歩いた。夜になるとみどりを連れて、他家の畑へいって芋を掘って盗んだ。朝も晩も、茹《ゆ》でた芋に塩をつけて食べていた。米はめったに買えなかった。秋は他家の柿を盗んだ。晩秋から冬は、遠くまで歩いて、他家の軒下に吊り下がっている大根や、干し芋を盗んだ。

下着を買うこともできなかったので、みどりは夜洗って、ナマ乾きの下着を着たり穿いたりして登校していた。

極端に貧しいと、他人を恨むようになるのを、みどりは知った。同級生も、うす汚れているようなみどりを遊びに誘わなかった。

姉のしのぶを思い出して、泣いた夜もあったが、彼女の行方は不明のままだった。

父が働けるようになると、母と一緒に福岡へ転居した。畑の作物を盗んでいたことが近所の人たちに知られるようになっていたので、知り合いのいない土地へ移ることにしたようだった。

小仏とイソは福岡市に向かい、みどりのその後の足取りをさぐることにした。高校卒業後、みどりが勤めていた繊維会社をさがしあてた。二十歳をすぎたころから器量よしが、男たちのあいだで話題になった。市内中心地の喫茶店で、男性と会っていたというような噂《うわさ》が広がるようにもなった。

六、七年勤めていた繊維会社を辞めると、アパートを借り、中洲のキャバレーに勤めるようになった。どうやらそのキャバレーで歌手だった二宮旬と知り合ったようだ。

アパートから五階建てのマンションに移った。生活に余裕が出てきたらしく、普段着る物も違ってきたという人がいたし、化粧もうまくなっていったという。

彼女が働いていたキャバレーのマネージャーは、みどりをよく記憶していた。

「うちの店では、キミコという名を使っていました。スタイルはいいし、目鼻立ちはととのっているので、彼女と一緒に酒を飲みたくてやってくる客が何人もいました。ですが、彼女は決まりごとを守れない女性でした」

小仏がきいた。

「たとえば……」

「出勤時間です。一時間ぐらい遅れて出てくる日がたびたびありました。キツく注意すると辞めるっていうかもしれないので、やんわりと注意していました。それから三日も四日も欠勤したことがありました。予告もなしにです。客からは人気のあるスタッフでしたので、大目にみて、出勤しなかった理由をききませんでした」

「三日も四日も欠勤した理由はなんだったのでしょう」

「ずぼらなのか、大胆なのか、欠勤した理由をいわず、いつものようにドレスに着替えて、店へ出ていました」

「礼儀知らずなのでは」

「そのようでした。それでもお客とトラブルを起こしたことはありませんでした。あ、思い出したことが……。車の運転免許を取ると、すぐに中古車を買いました。ドライブが楽しみだったらしく、長崎へいってきたとか、熊本へいってきたとかいっていました」

「経済的に余裕ができたんでしょうか」

「お客からたびたびチップをもらっていたんです。お客のなかには、彼女と親しくなりたくて、何万円もチップを渡す人がいたようです」

「歌手の二宮旬と、親しくというより、夫婦のような間柄になっていましたが」

「二宮旬は、ヒット曲があったころ、店では年に何回か招《よ》んで、うたってもらっていました。二宮のほうがキミコを好きになったようです」

「二宮旬は、富山湾で、彼女に殺されましたが」

「新聞で読みました。たしか二宮旬は、病気になって歌手を辞めていたようですね」

「石崎みどりと組んで、若い女性を誘拐して、身代金を奪って、行方をくらましていたんです」

「女性誘拐を考えついたのは、みどりだったかもしれませんね」

マネージャーは、キミコという名を使っていたみどりの容姿を思い出したのか、遠くを見る目をした。

「こちらを辞めるときは、その理由を話しましたか」

「東京の、銀座とか六本木とかのクラブへ勤めるようなことをいっていました。本当か嘘なのかは分かりませんが、有名な店から誘われているようなことをいったこともありました」

「東京の有名店へ移りましたか」

小仏は、マネージャーの目をすくうように見ていた。

「分かりません。この中洲からはいなくなりました」

彼女は何年かして岐阜へもどって、「マリンバ」というスナックを開いた。それを知っていたかと小仏はきいた。

「耳に入りました。若いコを三人使っているということでしたが、なにがあったのか、ママは急にいなくなったという話もききました。……そのあと、新聞を見て、わたしは腰を抜かしました」

「富山湾での事件ですね」

「その前に、二宮旬と組んで、東京の資産家のお嬢さんを誘拐して、大金を奪っていました。ワルですね。誘拐や殺人までするとは」

「女性誘拐を二回やって、二回とも成功しています。二回目は、岐阜の善良な会社員を共犯にして、やはり大金を奪っていますが、その後は共犯の男と札幌に住んでいた。彼女は一緒に住んでいる男が邪魔になるらしくて、酒を飲んで帰るその男を、車で轢き殺そうとした」

マネージャーは寒気を感じたように腕を組んだ。

「轢き殺そうとしたというと、男は死ななかったんですね」

「重傷を負っていて、現在も札幌の病院で治療を受けています」

「みどりは、警察に捕まったんですか」

「いや、男と一緒に住んでいたマンションからいなくなり、持っていた車を河原に棄てて、行方知れずです」

「男を二人も……。まさか殺人事件まで起こそうとは」

マネージャーは言葉を失ったように、顔を天井に向けた。彼は、みどりがキャバレーのホステス募集に応募してきた日を、思い出しているのではないか。くっきりとした目をしているし、かたちのいい唇を見て、客に好かれそうだと踏んだのだろう。その見方はまちがっていなかった。が、人柄までは読めなかったようだ。

5

五月下旬。真夏の到来を思わせる気温の高い日、安間が電話で、

「函館へいってくれないか」

と、小仏にいった。

「函館。なにがあるんだ」

「函館には、海に向かって真っ直ぐ延びている坂がいくつもある」

「知ってる。火災を警戒して道幅が広い。坂にはいろんな名がついている」

小仏は坂の上部から海を眺めた日があったのを思い出した。

「そのなかに姿見《すがたみ》坂というのがある」

そんな名が付いた広い直線の坂が西埠頭《ふとう》に向かっているのを憶えている。坂がどうしたのか、小仏は安間の次の言葉を待った。

「姿見坂の上部に、開港記念館の別館が、今年の四月にオープンした。管理人が必要なので地元新聞に広告を出して募集した。住み込みなので、夫婦が好ましかった。何組かの応募者があったらしいが、そのなかに姉妹の応募者がいた。面接の結果、条件が合ったので採用した。現在勤務中。……顔立ちのいい三十代の姉妹らしい」

安間がいった最後の言葉をきいて、小仏の眉はぴんとはね上がった。

「イソよ」

あくびを噛みころしたイソの顔をにらんだ。

「おまえの好きな北海道へいく」

「べつに好きなわけじゃない」

「自転車かバイクで、北海道をひとめぐりしてみたいって、いったことがあったじゃないか」

「いってみただけだよ。北海道のどこへいくの」

「函館」

「おれは朝市でイカ飯を食いたい。それから、もう一度、五稜郭《ごりょうかく》タワーに昇りたい。……エミちゃんは函館へいったことがあるよね」

「あります。一回だけ。わたしはトラピスチヌ修道院へいきたかったけど、大雨に遭ったために日程が狂ってしまって」

イソは、函館のどこへいくのかと小仏にきいた。

姿見坂の上のほうに、開港記念館の別館がオープンしたらしい。そこの管理人を見にいく、と小仏はいった。

「管理人がどうしたの」

「いってみなきゃ分からん」

小仏はイソに、あしたの朝の飛行機の便の予約をさせた。

午前七時台の便がとれた。羽田、函館間は一時間二十分ぐらいだ。

羽田は薄曇りだったが、津軽海峡は青く、白い雲を泳がせていた。イソは一言も口をきかず、窓に頰を押しつけていたが、波が白く見えはじめると、腰のベルトをつかんで目を瞑った。立待岬《たちまちみさき》がちらりと見えた。

レンタカーを調達した。函館駅近くの朝市で食事することにした。半端な時間だから開いていない店がある。なにが目当てなのか席が空くのを何人もが待っている店があった。

以前に一度入ったことのある店を思い出した。年配の女性がやっている店だ。そこでウニとイカの丼飯を頼んだ。ウニとイカが二段重ねになっている。そこに、醤油を少し落として食べる。

「前にきたときも、同じものを」

イソは思い出したといった。

「旨いね」

を、イソは二度いった。

「開港記念館別館の管理人を、どうして見にいくの」

丼飯をきれいに食べ終えると、イソがきいた。

「管理人を務めているのは、三十代半ばの姉妹らしい」

小仏は、お茶を一口飲んだ。

「三十代の姉妹とは、珍しいね」

イソはいってから、はっと目を醒ましたような顔を小仏に向けた。そして、

「姉妹……」

と、つぶやいた。珍しいことに瞳を輝かせた。

道幅の広い姿見坂は、青い海に向かって真っ直ぐ延びていた。ときどき車が横切った。杖《つえ》を突いた年配の男性と黒いセーターの女性が、坂をゆっくり下っていった。

小仏は、新築の開港記念館別館を道路の反対側から眺めた。門が開いていた。その奥に洋式の二階建てがある。白い壁に緑の窓枠で、屋根は明るい茶色だ。見学の人が入っているのか、道路側の窓を人影が横切った。

小仏とイソは、入館料五百円ずつを払った。受付の小さな窓の奥に女性がいて入館料を受け取った。その女性の顔をよく見ることはできなかった。

館内に展示されているのは船舶と風景の写真

と書籍だった。手書きの書籍もあった。外国語の細かい文字がぎっしりと書かれている資料もあった。七十代ぐらいの男性と三十代ぐらいの男性の見学者がいて、年配の人が青年に資料の説明をしていた。

小仏は二階の後ろ側の窓から外を見下ろした。二メートルほどのコンクリートの通路があって小ぢんまりした平屋の建物とつながっていた。その建物は管理人の宿舎ではないかと思われた。じっと見下ろしていると、通路を茶色の髪をした女性が宿舎のほうから別館へ入った。小仏は階段の中ほどで一階を見下ろした。淡い青色の半袖シャツと白い半袖シャツの女性が短い会話をしていた。管理人を務めている姉妹にちがいない。青色のシャツの女性が裏口から外へ出ていった。茶髪の人である。

小仏は、その女性の顔を見るために、裏口から外へ出てみた。女性は宿舎の裏にとめてある乗用車に乗ると、サングラスを掛けた。乗用車の色はグレーで、古いタイプのカリオンだった。イソにレンタカーを運転させて、カリオンを尾行した。姿見坂を上って左折して、スーパーマーケットの駐車場へ入った。女性は鍔《つば》のある帽子をかぶって車を降りた。店内で、野菜と肉とパンのコーナーでかごに商品を入れた。小仏は女性に接近したが、顔を正面から見ることはできなかった。三十代見当ということしか判断できない。

開港記念館本館の事務所で、別館に勤務している二人の女性について、氏名や身元をきくことを考えたが、調査していることが本人たちに知られてしまいそうなので、これ以上の接近を避け、別館へもどった。

見学者なのか、記念館の関係者なのか男性が三人やってきた。管理人の姉妹はその人たちと立ち話をはじめた。小仏とイソは、そのスキを狙って、別館と宿舎のあいだの地面の砂を掻き寄せて、ポリ袋へ入れた。

そのことを警視庁の安間に連絡した。すると安間は、「よく気がついたな」と小仏を褒《ほ》め、そのポリ袋を北海道警察本部へ届けるようにと指示された。

小仏とイソが北海道からもどって三日目、小仏は安間に警視庁へ招ばれ、捜査一課の応接室へ招かれた。

「小仏たちが拾った砂のなかには、毛髪がまざっていた。その毛髪と札幌のアカシアホームの室内と、豊平川の河川敷に放置されていた乗用車・フォルツァの車内から採取した毛髪のDNAが、一致した。……函館の開港記念館別館に管理人として勤務している姉妹の妹は、石崎みどりであることが確認されて、道警は勤務中の彼女を逮捕した。……みどりと同居して一緒に勤務していたのは、実姉の石崎しのぶ。しのぶは、中学在学中に、借金を取りにきた男の腹を出刃包丁で刺そうとしたことから警察沙汰《ざた》になった。その後、関市の自宅を無断で出て、岐阜市、大阪市、札幌市などを転々とし、職業をいくつか変えたが、みどりとは岐阜市内で再会していた。以来、二人は人目をしのんで年に一、二度会っていた。……目下、みどりが関係した犯行を順次追及することにしている。それは、彦根市内で市川きく絵、名古屋市内で岩倉麻琴を二宮旬と共謀して誘拐し、京都市内で二度にわたって身代金を奪った事実。横浜市内で宇野希津子を草野秋良と共謀して、京都市内において身代金を奪った事実。それから富山湾の船上において、二宮旬を殴って海へ突き落として殺害した。札幌市内では、草野を車で轢き殺そうとした事実など、女性としては稀《まれ》な、大胆で悪質な犯行の数々を、順次、明るみに出すことにしている」

と、安間は、書いたものを読んだ。

次の日から新聞各紙は、石崎みどりの犯行を詳細に報じはじめた。

「福岡で暮らしているしのぶとみどりの両親は、娘の犯行の新聞記事を毎日読んでいるのかな」

イソは新聞をたたみながらいった。

小仏は、娘と孫と東京で暮らしはじめた二宮貞子の、深い皺の顔と姿を思い出した。富山の警察署の霊安室で、変わりはてた姿の息子と対面した彼女は、紫色の唇を嚙んでいた。

小仏探偵事務所に珍しい来客があった。父親が社長の山手産業に勤務している岩倉麻琴である。彼女はクリーム色のブラウスにサクラのような色のリボンを結んでいた。アサオを見ると、「可愛い」といって声を掛けた。アサオは小さい声で返事をした。

「コーヒーを召し上がりますか」

エミコが麻琴にきいた。

「ありがとうございます。いただきます」

麻琴は、えくぼのある顔をゆるめて、白い歯を見せた。

「今年も、秋田の男鹿《おが》へいくんですか」

小仏がきいた。実母の生家のことである。

麻琴は年に何度か、男鹿市に住んでいる祖母に、いくばくかを送金している。自分を産んだ母の顔は知らないが、祖母の顔と姿を思い浮かべる日があるのだろう。

「また夏休みに、いってきたいと思っています」

彼女は、足もとへ近寄ってきたアサオを見ながら、柔らかそうな髪に手を触れた。

本書は書き下ろしです。

本作品はフィクションであり、実在の個人および団体とは、一切関係ありません。

私立探偵《しりつたんてい》・小仏太郎《こぼとけたろう》
京都《きょうと》・化野《あだしの》殺人怪路《さつじんかいろ》

二〇二二年八月十日　初版第一刷発行

著者　梓《あずさ》林太郎《りんたろう》
発行者　岩野裕一
発行所　株式会社実業之日本社
東京都港区南青山五－四－三〇
emergence aoyama complex 3F
〒一〇七‐〇〇六二
TEL　〇三（六八〇九）〇四七三（編集）
〇三（六八〇九）〇四九五（販売）
DTP　ラッシュ
印刷　大日本印刷株式会社
製本　大日本印刷株式会社

https://www.j-n.co.jp/

ISBN978-4-408-53808-2（第二文芸）